Romeo ak Jilyèt

Yon èv William Shakespeare

Tradui an kreyòl ayisyen: Nicole Titus

Trilingual Press

PO Box 391206,
Cambridge, MA 02139
Tel. 617-331-2269
E-mail: trilingualpress@tanbou.com

Konpozisyon tipografik:
David Henry, www.davidphenry.com

ISBN-13: 978-1-936431-33-5
ISBN-10: 1-936431-33-5

Library of Congress Control Number: 2018957969

Premye edisyon: Jen 2019

Romeo ak Jilyèt

Yon èv William Shakespeare

Tradui an kreyòl ayisyen: Nicole Titus

Trilingual Press, Cambridge, Massachusetts

Lòt liv pibliye pa menm otè a

Platon / Plato, tradiksyon Apoloji/Apology, Krito/Crito, Fedo/Phaedo, Edisyon Trilingual Press, 2012.

Hamlèt/Hamlet, tradiksyon Edisyon Trilingual Press, 2014.

The Prisoner of Jacmel (a play in English, published by Xlibris, 2005).

Akin To No One (a novel in English, published by Xlibris, 2004).

Remèsiman

Otè a voye chay remèsiman bay Emmanuel Védrine
pou èd nan edite maniskri a, ak Trilingual Press pou
pibliye zèv sila a.

Entwodiksyon

William Shakespeare (pwononse: Wilyam Chekspi) se yon ekriven ki ekri pyès teyat ann anglè. Li te fèt nan Stratford-upon-Avon, yon vil ann Angletè, nan dat 23 avril 1564. Yo pa konn anpil bagay sou anfans Shakespeare, eksepte yo gen dosye batèm li ki di l te batize 26 avril, 1564. Li te twazyèm pitit John Shakespeare avèk Mary Arden. Koup sa a te fè uit pitit. William t al nan lekòl primè nan vil la gratis paske papa l, nonsèlman l te gen komès (ki fè gan an cui), men li te ekivalan majistra vil la tou. Nan lekòl la, William te aprann laten, ak grèk klasik, ki te fè pati etid kouran nan epòk la. Apresa, lòt dosye yo genyen sou Shakespeare se lisans maryaj yo te ba li an novanm 1582 pou l marye ak Anne Hathaway, yon dam ki te gen sèt ou uit ane an plis li. Maryaj la te pwodui twa pitit: Susanna, epi de jimo: yon tifi (Judith) ak yon tigason (Hamnet), ki te mouri tou jèn. Apresa, Shakespeare kite Stratford, l al Lond kote l travay kòm aktè e ekriven pyès teyat. An 1592, li te gentan etabli nan karyè sa a, epi l te fè pati yon gwoup aktè ki te rele "Lord Chamberlain's Men" (Gason Lord Chamberlain Yo). Apre, li te manm yon lòt gwoup ki rele "King's Men" (Gason Wa Yo), lè Wa James I (premye) te pran pouvwa. Yo rele William Shakespeare yon "Elizabethan," (Elizabeten) paske li te fèt sou rèy Rèn Elizabeth I (premye), ki te gouvène Angletè (de 1558 a 1603).

William Shakespeare ekri pyès trajik e komik (traji-komedi), yon total 38 pyès. Premye pyès teyat li sanble se te *The Comedy of Errors* (Komedi Erè), ki te ekri vè ane 1591. Apresa, anpil lòt pyès vin suiv li youn apre lòt. Pami èv li yo, genyen:*Titus Andronicus* (Titis Andwonik), *The Taming of the Shrew* (Jan yo aprivwaze yon Manmzèl malelve), *The Two Gentlemen of Verona*, (De Jantiy Òm Vewòn), *Love's Labor's Lost* (Travay Lanmou Pèdi), *Romeo and Juliet* (Romeo ak Jilyèt), *Richard II, Richard III, A Midsummer Night's Dream* (Rèv Yon Nuit Nan Mitan Ete), *King John* (Wa Jan), *The Merchant of Venice* (Komèsan Venis la), *Henry IV Pts I & II* (Anri IV pati I & II), *Much Ado About Nothing* (Anpil Bri Pou Anyen), *Henry V* (Anri V), *Julius Caesar* (Jil Seza), *As You Like It* (Jan Sa Fè ou Plezi), *Twelfth Night* (Lannuit Lèwa), *A Winter's Tale* (Yon Istwa Ivè), *Hamlet* (Hamlèt), *The Merry Wives of Windsor* (Madanm Marye Kè kontan Winnzò yo), *All's Well That Ends Well* (Tout Bagay Byen Ki Fini Byen), *Measure for Measure* (Mezi pou Mezi), *Othello* (Otelo), *King Lear* (Wa Li), *Macbeth* (*Makbèt*), *The Tempest* (Tanpèt La), *Anthony and Cleopatra* (Antwàn ak Kleyopat), *Coriolanus*, (Koriyolan), *Henry VIII* (Anri VIII), *Cymbeline* (Sibelin), *Troilus and Cressida* (Twalis ak Kresida), *Timon of Athens* (Timon ki sot Atèn), *Pericles* (Periklès), *The Two Noble Kinsmen* (De Moun Nòb Menm Klan).

Nan pyès Shakespeare yo pi konnen e ki pi selèb yo w ap jwenn: *Hamlet, Macbeth, King Lear, Othello, Romeo and Juliet*, ak *Richard III*. Yo konsidere William Shakespeare kòm moun ki ekri pi gwo èv teyat nan lemonn. Kwak Shakespeare te ekri powèm tou, tèlke *Venus and Adonis* (Venis ak Adonis), ak *The Rape of Lucrece* (Anlèvman Likrès), jeni li ak repitasyon li chita sou pyès teyat li yo. Non teyat kote l te konn monte pyès li yo te rele *The Globe (Glòb La)*, yon teyat ki te bati nan Lond an 1599, akote larivyè *Thames* (Tamiz). Nan pyès li yo, Shakespeare te anplwaye, *Blank Verse* (yon liy vè pwezi ki konpoze ak vè ki pa rime oubyen ki pa fini avèk menm son), e ki gen senk mezi yo rele *iambic pentameter* (ayanbik penntamitè). Anglè William Shakespeare te ekri a se pa anglè modèn yo pale jodi a nan venteyinyèm syèk la, men anglè ki te pale nan disetyèmsyèk. Nan epòk sa a, se gason ki te jwe wòl fi nan pyès yo paske sosyete lè sa a pa t twouve l aseptab pou fi jwe nan pyès teyat an piblik.

Pami lòt moun ki t ap ekri nan menm epòk ak Shakespeare, lè pyès dramatik anglè t ap jwi yon *Renesans (Repran fòs lavi)*, te genyen Christopher Marlowe, Robert Greene, John Lyly, Thomas Kyd, George Peele, ki te kite mak yo sou teyat Lond lan tou. Gen moun save ki di se pa Shakespeare ki te ekri pyès li yo, men se lòt moun ki te pi prepare pase li tèlke Christopher Marlowe, oubyen ekriven komik Ben Jonson, ki te bon zanmi Shakespeare, oswa lòt ekriven ankò. Men pèsonn moun pa ka pwouve sa. William Shakespeare mouri nan dat 23 avril, 1616, menm dat (jou pou jou) ak mwa li te fèt la. Li mouri sizan anvan Molière, gran ekriven fransè ki ekri pyès teyat, te fèt.

Romeo ak Jilyèt

Shakespeare ekri Romeo ak Jilyèt apeprè ant 1594 ak 1595. Se yon pyès ki gen kòm sijè «lanmou de jèn moun ki te gen yon pasyon estwòdinè youn pou lòt.» Se yon pasyon ki te alafwa inosan e chanèl. Pyès la ap dewoule nan Vewòn, ann Itali, kote, tankou pwològ èv la di, te gen de ansyen fanmi: Kapilèt, ak Montegyou, ki te genyen lahèn ant yo depi lontan. Jilyèt fè pati fanmi Kapilèt; Romeo se yon Montegyou. Okòmansman, lè nou rankontre Romeo, li damou yon lòt jènfi ki rele Wozlin. Kwak fanmi l se enmi Kapilèt yo, pou li sa wè Wozlin, Romeo mete mas nan figi l, li antre avèk de zanmi l lakay Kapilèt yo, kote k gen yon ti fèt ki t ap fèt. Men lè zye l tonbe sou Jilyèt Romeo bliye Wozlin. De jèn moun yo tonbe damou youn pou lòt menm lè a.

Santiman de anmoure yo se pou debon, kwake Jilyèt se yon adolesan ki gen katòzan, e Romeo yon ti kras pi gran sèlman. Devosyon yo youn pou lòt aparan patikilyèman nan sèn balkon an, yon sèn selèb nan «Ak II», ki trè koni. San paran yo pa konnen, Frè Loran marye de jèn moun yo ansanm. Men, pou konplike sitiyasyon an, nan yon jouman ki leve ant Mèkyouchio (zanmi Romeo) avèk Tibo (kouzen Jilyèt), Tibo tiye Mèkyouchio nan yon dyèl, aprekwa Romeo tiye Tibo. Sa lakòz yo egzile Romeo, fè l soti kite Vewòn al Mantou. Toutpandan Jilyèt ap kriye pou lanmò Tibo, paran li yo vle fòse l marye avèk yon jenòm nòb, ki rele Kont Paris. Papa Jilyèt vle fòme alyans sa a, sitou pou rezon sosyal paske Paris rich. Men Jilyèt refize. Sa lakòz papa l mete malediksyon sou li, di li ta pito wè l mouri, li ta pito wè l marye ak tonbo li. Li ensilte pitit fi li a, di l mete l deyò si l p ap marye avèk Paris. Pou evite maryaj la, Jilyèt al kot Frè Loran, ki, nan yon efò pou ede li, ba li yon posyon ki fè l parèt tankou l mouri. Li fè sa avèk entansyon pou Romeo retounen vin rankontre ak Jilyèt apre Frè Loran mete l okouran de sitiyasyon an. Jou pou Jilyèt ta marye avèk Kont Paris, fanmi li jwenn li «mouri.» Akòz anpil bagay ki vin dewoule, e apa de lòt obstak, plan an fini an katastwòf; men pyès la montre puisans lanmou fas a lahèn.

Romeo ak Jilyèt se yon pyès teyat ki trè popilè, e ki jwe anpil jis jodi a. Kwak tit konplè a se: Trajedi Romeo ak Jilyèt, èv la konsidere alafwa kòm yon trajedi an menm-tank yon komedi. Li se yon trajedi paske istwa a fatal, kòmanse pa lahèn ant de fanmi yo de jèn moun yo dwe ap lite kont li an. Tout anmoure yo ap chache bonè yo, yo kontrarye sou tout wout yo. Pyès la konsidere kòm yon komedi tou paske daprè tradisyon nan epòk Elizabeten an, lanmou se te yon sijè ki te trete nan komedi. Romeo ak Jilyèt, ansanm ak Hamlèt, se pyès ki te pi popilè ann Angletè nan tan Shakespeare.

Kòm se te ka a nan epòk sa a, Shakespeare te baze pyès li a sou yon sous: "The Tragicall Historye of Romeus and Iuliet" ki te ekri premyèman ann Italyen pa Matteo Bandello, epi ann anglè pa Arthur Broke. Men istwa ki gen tèm lanmou trajik sa a monte nan lantikite jiska powèt Dante, Petrarch, Ovid, ale sou lòt toujou. Shakespeare fè kèk chanjman nan vèsyon istwa pa li a: olye de dizuitan, Jilyèt pa l la gen trèz, pral nan katòz an, e li devlope wòl Mèkyouchio a. Yon lòt pèsonaj nan pyès sous la ki te trè popilè e Shakespeare kenbe prèske entak, se Enfimyè nouris la, yon pèsonaj komik.

Nòt tradiktè a

Shakespeare ekri *Romeo ak Jilyèt* nan yon estil powetik ki rele *blank verse* (yon liy pwezi ki gen senk mezi ladan, men ki pa rime. Yo rele liy pwezi sa a ann anglè, *iambic pentameter* (ayanbik penntamitè). Atravè èv la, Shakespeare anplwaye yon fòm powetik tou ki rele *sonè* (yon powèm ki gen 14 liy, ki fini avèk yon kouplè rime). Apa de pwològ tèks la, ki se yon *sonè*, yon lòt egzanp kote ekriven an anplwaye yon *sonè* se kote Madam Kapilèt ap dekri Kont Paris la.

Lefèt Romeo ak Jilyèt ekri an liy powetik, sa rann li difisil pou moun tradui èv la nan lòt lang, epi pou kenbe fòm powetik la anmenmtan. Kòm mwen te fè pou *Hamlèt*, mwen anplwaye pwoz pou m tradui pyès la, ki vle di mwen tradui liy yo san kenbe kont de mezi powetik. Tradiktè tankou François-Victor Hugo fè menm bagay la nan tradiksyon fransè li an pou *Hamlèt* ak pou *Romeo ak Jilyèt*.

Sans Doub:

Nan plizyè pyès Shakespeare genyen sa yo rele an anglè "*double entendre*", *sans doub*, ki vle di: kèk mo oswa kèk espresyon kapab genyen de entèpretasyon; youn nan entèpretasyon yo, leplisouvan, gen yon sans *riske, chanèl, seksyèl*, ki kache ladan li. Pafwa li difisil pou tradui mo ak espresyon sa yo yon fason pou retni sans yo. Nou wè yon egzanp *sans doub* nan kòmansman *Romeo ak Jilyèt*, nan «Ak I, Sèn I», kote Sanpsonn ap pale ak Gregori. Li di li:

Sanpsonn: Tout fè yon sèl! M va aji tankou yon diktatè. Lò m fin batay ak gason yo, m ap fewòs avèk fi yo—m ap koupe tèt yo.

Gregori: Tèt fi yo?

Sanpsonn: Wi, tèt fi yo, oswa tèt filè yo. Pran l nan sans ou vle.

Sans doub yo ajoute yon aspè komik, yo rele ann anglè, «comic relief» nan pyès la, ki bay oditè a yon soulajman an fas a tèm serye, trajik, ak sèn vyolans ki figire nan èv la.

Endesans/Jwèt ak mo (Jeux-de-mots ou "play on words" ann anglè):

Gen sa yo rele ann anglè, *"Bawdiness"* tou, endesans, nan Shakespeare. Sa te akseptab pou moun nan epòk la ki te chita ap koute pyès yo. Anpil moun ki te asiste pyès yo se te gason, e se gason sèlman ki te jwe tout wòl nan pyès yo, wòl fi yo tou. De premye Ak Romeo ak Jilyèt yo gen pòsyon ladan yo ki trè komik. Ladan yo Shakespeare anplwaye langaj ki seksyèl. Nou wè sa nan jan Mèkyouchio esprime l patikilyèman. Pwennvi lanmou li—e nou va remake sa nan pawòl Enfimyè nouris la tou nan «Ak I, Sèn III»—chanèl nèt. Pawòl yo vilgè, pa tankou pawòl Romeo ak Jilyèt yo ki esprime yon lanmou womantik ki ideyal.

Mèkyouchio: Kounye a ou sosyab, kounye a ou se Romeo; kounye a ou se sa ou ye a, nan a menm jan ak nan nati. Paske lanmou k ap bave sa a tankou yon gwo idyo k ap kouri monte desann ap tire lang li ap chache yon twou kote pou l foure baton l kache. (Ak II, Sèn IV)

La a, nou wè yon *jwèt ak mo* tou ak yon sans chanèl:

Mèkyouchio: Sa a pa ka fè l fache. Sa ta fè l fache si l ta leve nan sèk mètrès li yon espri ki gen yon nati etranj, pou l kite l kanpe la jis li fè l kouche li konjire l desann. (Ak II, Sèn I)

Mwen souliye *lòt jwèt ak mo* atravè pyès la, nan nòt yo (*footnotes*).

Sèn Selèb:

Sèn balkon an nan «Ak II», kote Romeo ap pale avèk Jilyèt la, se youn nan sèn ki pi selèb nan pyès la, e se li moun pi site ak pi sonje.

Nan «Ak II, Sèn II», Jilyèt di:

Juliet: O Romeo, Romeo! Wherefore art thou Romeo?
Deny thy father and refuse thy name;
Or, if thou will not, be but sworn my love,
And I'll no longer be a Capulet.

(Jilyèt: O, Romeo, Romeo! Pou kisa ou se Romeo? Nye papa ou epi refize non ou; oswa, si ou pa vle, jire sèlman ou se amou mwen, epi m p ap yon Kapilèt ankò.)

Lè Jilyèt di: *Wherefore art thou Romeo?* Li p ap mande: Kote ou ye, Romeo, non, l ap mande: *Pou kisa ou se Romeo?* Paske lefèt Romeo se yon Montegyou, sa se yon gwo pwoblèm pou li; sa konplike lanmou yo paske de fanmi yo se enmi. Jilyèt sijere li nye papa li, refize non li; men si li pa ka rejte non li, si li jire l lanmou li, limenm li p ap yon Kapilèt ankò.

Kontinye nan menm sèn nan Jilyèt di:

Juliet: 'Tis but thy name that is my enemy,
Thou art thyself, though not a Montague
…
What's in a name? That which we call a rose,
By any other name would smell as sweet.

(Jilyèt: Se non ou sèlman ki enmi m. Ou se oumenm, konsa pa yon Montegyou…
Kisa k genyen nan yon non? Bagay nou rele yon woz la, si l te gen nenpòt lòt non, li t ap gen menm bèl sant lan.)

La a, Jilyèt ap rezone: Se non ou sèlman ki enmi mwen.

Ou se oumenm, malgre non ou se Montegyou. Kisa yon non ye? Yon woz, si yo te rele l yon lòt non, li t ap toujou santi bon.

Romeo aksepte rezonnman Jilyèt la imedyatman; li reponn li:

Romeo: Call me but love, and I'll be new baptized; Henceforth I never will be Romeo.

(Romeo: Rele m Lanmou, e m va pran yon lòt non tankou m ta batize ankò. Apati de jodi a m p ap janm Romeo ankò.)

Yon lòt fraz selèb nan «Ak II, Sèn II» se kote Jilyèt di:

Good night, good night! Parting is such sweet sorrow…

(Bòn nuit, bòn nuit! Di orevwa se yon tristès ki si dous…)

Fraz selèb sa yo montre pasyon de anmoure yo genyen youn pou lòt, e yo antre nan vokabilè moun anplwaye jodi a pou esprime lanmou pa yo.

Difikilte nan Tradui *Romeo ak Jilyèt*

Anpil mo ak fraz nan vokabilè anglè Shakespeare anplwaye nan *Romeo ak Jilyèt* la pa ann izaj ankò jodi a; pafwa menm mo sa yo chanje siyifikasyon yo. «Ak I, Sèn I», kote Bennvolyo ap pale avèk Madan Montegyou, li di li, "but he was ware of me." Moun ta panse mo anglè "ware" la ta vle di, "aware" nan sans kouran li vle di: «Li te apèsi mwen,» oswa, «Li te konnen m la.» Tradiksyon fransè François-Victor Hugo a di, «a mon aspect.» M te vle tradui fraz la kòm, «men, lè l apèsi mwen.» Men, lò m wè nòt nan *Penguin Classic Pelican* Shakespeare la, di sans mo "ware" la a vle di, "wary", m chache mo a nan diksyonè *Webster's Collegiate* ki di "wary" vle di: "Marked by being cautious," m deside tradui fraz la konsa: «men, li pran prekosyon.» Se tout atansyon a detay sa yo ki rann li mande anpil tan pou kaptire sans ak nyans yon fraz nan èv Shakespeare.

Tradiksyon m nan baze sou tèks ak kòmantè nan: The Kitteredge Shakespeare: Romeo and Juliet Edited by George Lyman Kitteredge/Revised by Irving Ribner. The Pelican Shakespeare Romeo and Juliet, Edited by John E. Hankins, avèk tèks fransè Romeo et Juliette traduction de François-Victor Hugo avèk «preface de Marc-Henri Arfeux.»

Se tout yon plezi pou m te tradui Romeo and Juliet (Romeo et Juliette) an kreyòl, pou m fè èv selèb sa a antre piblikman nan lang matènèl tout ayisyen. Mwen swete tip travay sa a (tradui yon seri èv klasik an kreyòl) va kontinye, e va youn ki kapab ede lekòl Ayiti (patikilyèman nan kad devlopman materyèl didaktik yon seri èv klasik k ap fasilite elèv defriche èv sa yo pi fasil pou disète sou yo).

—*Nicole Titus, 2019*

Moun ki nan pyès teyat la

Kè[1]
(Pèsonaj ki nan pyès la)

Eskalis: Prens Vewòn[2]
Paris: Yon jèn Kont[3], fanmi Prens lan
Montegyou: Chèf lafanmi Montegyou
Kapilèt: Chèf lafanmi Kapilèt
Yon Tonton: Manm fanmi Kapilèt
Romeo: Pitit gason Montegyou
Mèkyouchio: Fanmi Prens la, ak zanmi Romeo
Bennvolyo: Neve Montegyou, epi zanmi Romeo
Tibo: Neve Madan Kapilèt
Frè Loran: Yon Mwàn Fransisken[4]
Frè Jan: Yon Mwàn Fransisken
Baltaza: Sèvitè Romeo
Abram: Sèvitè Montegyou
Sanpsonn: Sèvitè Kapilèt
Gregori: Sèvitè Kapilèt
Pyè: Sèvitè Enfimyè nouris[5] Jilyèt
Yon Famasyen
Twa Mizisyen
Yon Ofisye
Lady[6] (Pwononse «Ledi») Montegyou: Madanm Montegyou
Lady (Ledi) Kapilèt: Madam Kapilèt
Jilyèt: Pitit fi Kapilèt
Enfimyè nouris Jilyèt
Sitwayen Vewòn, Jantiy Òm (ann anglè, «gentlemen») ak Dam Lasosyete ki nan de fanmi yo, Moun Maske[7], Moun k ap pote tòch, Paj[8], Gad, gadyen, sèvitè, ak moun k ap travay nan sèvis de fanmi yo.

Sèn nan ap dewoule tanto nan Vewòn, tanto nan Mantou[9]

Nòt pou moun ki nan pyès teyat la

1. Kè: Yon gwoup k ap chante. Nan pyès teyat ansyen yo, yon *kè* te yon gwoup moun ki esprime yon santiman an komen.

2. Vewòn: Yon vil ann Itali *(Verona)*.

3. Kont: Yon tit nòblès ant yon Maki ak yon Vikont.

4. Mwàn Fransisken: Yon gason ki antre nan yon òd relijye kretyen, Sen Franswa Dasiz te fonde. Dòdinè yo viv aleka lasosyete, e yo pran angajman yo dwe suiv daprè règleman òd la.

5. Enfimyè nouris: Yon fi ki anplwaye pou li bay yon ti bebe tete. Nan epòk pyès la, *nouris* la, kwak li pa yon moun nòb, li ede manman an elve ak fòme timoun nan. Li se gadyèn timoun nan jis li vin gran.

6. Lady: Ann anglè, yon tit nòblès pou fi; yon Dam nòb.

7. Maske: Moun ki mete mas nan figi yo pou yo divèti yo. Nan pyès la moun sa yo pa nan kanaval, yo nan yon festen prive.

8. Paj: Yon jèn moun nòb, yon tigason, ki te plase akote yon lòt moun nòb pou li aprann sèvis d onè.

9. Mantou: Yon vil ann Itali, nan rejyon Lonbadi.

Pwològ

Kè a antre

Kè a: De fanmi, toulède egalego nan pozisyon nòb yo,
Nan Vewòn, bèl kote n ap dewoule sèn nou an,
Kote vye rankin lontan-lontan antrene revòl ki nouvo
kounye a,
Kote, san sitwayen, rann men sitwayen sal.
Nan zantray fatal de enmi sila yo
Pran nesans de anmoure ki fèt sou zetwal kontrarye;
Ki, malchans lamantab yo vin lakoz yo peri,
Kifè, nan lanmò yo, yo antere chire pit paran yo.
Dewoulman efreyan lanmou make ak lanmò yo an,
Avèk laraj paran yo ki kenbe la, tennfas,
Ki, se lafen pitit yo sèlman ki te kapab retire l la,
Pral rezon kounye la a pou zafè nou an ki pral pran de
zè d tan sou sèn nan;
Kote, si nou pare zòrèy nou pou n koute avèk pasyans,
Nenpòt bagay ki chape nou la a nou pral travay pou n
chache korije l.

[Yo soti.]

Nòt pou pwològ la

1. Pwològ: Yon diskou ki entwodui yon pyès teyat oswa
   tèm pyès la. Dòdinè Shakespeare pa t anplwaye *pwològ*
   nan pyès li yo; men anpil lòt ekriven pyès nan epòk la
   te anplwaye yo. *Pwològ* sa a nan fòm yon powèm ki gen
   katòz liy, ki rele *Sonè*.

Ak I

Sèn I

Vewòn, yon plas piblik

Sanpsonn ak Gregori antre avèk epe ak boukliye ki fè pati de kay Kapilèt yo

Sanpsonn: Gregori, pawòldonè, nou p ap tolere chabon ensil.

Gregori: Non, si se pou sa nou ta chabonye.[1]

Sanpsonn: M vle di, si yo mete n ankòlè, n ap rale zam nou.

Gregori: Wi, men fè atansyon pou yo pa mete kòd nan kou ou.

Sanpsonn: M frape vit lè yo chofe m.

Gregori: Men ou pa chofe fasil pou frape.

Sanpsonn: Yon chen lakay Montegyou chofe mwen.

Gregori: Ki di chofe di bouje; epi ki di vanyan di kanpe. Konsa, si ou chofe ou kouri.

Sanpsonn: Yon chen nan kay la ap chofe m pou m kanpe. M deside pou m pran pozisyon akote mi^2 an ak ni òm ni fam ka Montegyou.

Gregori: Sa montre ou se yon esklav ki fèb paske se sa ki pi fèb yo ki pase akote mi an.

Sanpsonn: Se vre; e konsa, fi, pase yo se veso ki pi fèb la, tout tan yo dirije yo bò kote mi yo.

Gregori: Joure a se ant mèt nou yo li ye, epi ant nou-menm sèvitè yo.

Sanpsonn: Tout fè yon sèl! M va aji tankou yon diktatè. Lè m fin batay ak gason yo, m ap fewòs avèk fi yo—m ap koupe tèt yo.

Gregori: Tèt fi yo?

Sanpsonn: Wi, tèt fi yo, oswa tèt filè^3 yo. Pran l nan sans ou vle.

Gregori: Yomenm ki pran l nan yo va santi li.

Sanpsonn: Yo va santi mwen toutotan m kapab kanpe. E se bagay moun konnen, m se yon moso chè ki konsekan.

Gregori: Se yon bon bagay ou pa yon pwason.^{4} Si se sa ou te ye, ou ta yon pwason sèch bon mache. Rale zouti ou! Men de moun lakay Montegyou yo k ap vini.

(De lòt sèvitè antre, Abram ak Baltaza.)

Sanpsonn: Zam toutouni mwen deyò. Joure! M va dèyè ou.

Gregori: Pou kisa? Pou sa kapab vire do ou ou kouri?

Sanpsonn: Ou pa gen anyen pou krenn ak mwen.

Gregori: Non, anverite. M krenn oumenm!

Sanpsonn: Ann pran lalwa mete nan kan pa nou; kite yo kòmanse.

Gregori: M pral fonse sousi m pandan m ap pase; e kite yo pran sa jan yo vle.

Sanpsonn: Non, jan yo oze. M ap mòde pous mwen toutpandan m ap gade yo; sa va yon ensil pou yo si yo tolere l.

Abram: Misye, èske ou ap mòde pous ban nou?

Sanpsonn: Se pous mwen m ap mòde menm, Misye.

Abram: Èske ou ap mòde pous ou ban nou, Misye?

Sanpsonn (*Adrese Gregori apa*): Èske lalwa ap nan kan nou si m reponn wi?

Gregori (*Adrese Sanpsonn apa*): Non.

Sanpsonn: Non, Misye, m p ap mòde pous mwen ba ou, Misye. Men mwen mòde pous mwen, Misye.

Gregori: Se yon joure w ap chache la a, Misye?

Abram: Joure, Misye? Non, Misye.

Sanpsonn: Si se sa ou ap chache, Misye, men mwen. M sèvi yon mèt ki bon menm jan ak pa ou la.

Abram: Men pa meyè.

Sanpsonn: Dakò.

(*Bennvolyo antre.*)

Gregori (*Adrese Sanpsonn apa*): Di «meyè.» Men youn nan fanmi mèt mwen yo k ap vini.

Sanpsonn: Wi, Misye, meyè.

Abram: Ou manti.

Sanpsonn: Rale zam ou si ou se gason. Gregori, sonje kou ou konn bay lè ou ap fè lesiv yo.

(*Yo batay ansanm.*)

Bennvolyo: Separe kò nou la a, enbesil! *(Li pouse epe yo desann.)* Mete epe nou nan plas yo. Nou pa konn sa n ap fè la a!

(Tibo antre.)

Tibo: Kisa! Epe ou rale pami vye sèvitè kapon sa yo? Tounen bòisit, Bennvolyo! Fè fas a lanmò ou.

Bennvolyo: Se lapè sèlman m vle mete la a. Mete epe ou nan plas li, oswa, kouwè mwen, itilize l pou separe mesye sa yo.

Tibo: Kisa, epe w rale nan men ou, epi w ap pale de lapè? M rayi mo a tankou m rayi lanfè, tout Montegyou yo, epi oumenm. Annavan, kapon!

(Yo batay, yon ofisye ak dezoutwa lòt sitwayen ak baton oswa ak pik antre.)

Ofisye: Baton, lans, pik! Frape yo! Krabinen yo!

Sitwayen yo: Aba Kapilèt yo! Aba Montegyou yo!

(Vye Tonton Kapilèt antre ak dezabiye l sou li, avèk madanm li.)

Kapilèt: Ki tout bri sa a? Ey, ban mwen gwo epe mwen!

Madan Kapilèt: Yon beki, yon beki! Poukisa ou mande pou yon epe a?

Kapilèt: Mwen di, epe mwen! Tonton Montegyou ap vini e l ap brake zam ni pou l nage m.

Montegyou: Oumenm, Kapilèt salopri!—Pa kenbe m, lage mwen.

Madan Montegyou: Ou p ap fè yon sèl pa pou vanse sou yon enmi.

(Prens Eskalis antre avèk moun antoure li.)

Prens lan: Sitwayen rebèl, enmi lapè! Moun san respè k
ap pwofane asye sa a avèk asasina yon vwazen. Èske yo
p ap koute? Ey, sispann! Noumenm gason, noumenm
bèt, ki etenn dife laraj vyolans nou avèk fontèn mòv ki
koule soti nan venn nou! Retire zam malfouti nou sa yo
nan men plen san nou yo sinon m ap matirize nou; voltije
yo lage atè, epi koute jijman prens nou ki fache a genyen
pou l di n! Twa jouman sivil, ki gen kòmansman yo nan
pawòl ki fèt avèk lè, ki soti nan ou, Tonton Kapilèt, ak
ou, Montegyou, sa fè twa fwa deja, ki twouble lapè lari
nou yo, epi fè ansyen sitwayen Vewòn yo lage òneman
serye ki fèt pou laj yo pou yo pran vye lans nan men
ki vye menm jan ak yo, ki wouye avèk lapè, pou yo
separe rankin wouye nou yo. Si nou janm twouble lapè
lari nou yo ankò, n ap peye pou lapè nou twouble a ak
lanmò nou. Pou fwa sa a, tout rès moun yo al fè wout
nou. Oumenm, Kapilèt, w a vin ak mwen; epi, Monte-
gyou, vini apremidi a, nan Chato Vilfranch, lokal jijman
kominotè nou, pou nou konnen lòt desizyon nou sou
zafè sila a. Yon lòt fwa ankò, tout moun al fè wout nou,
oswa m menase n ak lanmò.

(Tout moun soti sòf Montegyou, madanm li, ak Bennvolyo.)

Montegyou: Kiyès ki reveye vye jouman ansyen sila a?
Pale non, neve, èske w te la lè l te kòmanse?

Bennvolyo: Sèvitè enmi ou, ak pa w yo t ap goumen
ansanm la a anvan menm mwen te rive. Mwen rale zam
mwen pou m separe yo. Menm lè a Tibo, ak san cho l la,
vini, epe l nan men l, ki, toutpandan defi l ap lage yo ap
kwaze ak zòrèy mwen, ap lanse zam li toutotou tèt li,
ap fann lè a, ki, kòm li p ap koupe anyen, ap nage li ak
son yon siflèt. Toutpandan n ap chanje kou youn ak lòt,

lòt moun ap kontinye vini, ap batay lède kote, jis Prens lan vini ki separe de gwoup yo.

Madan Montegyou: O, kote Romeo? Èske ou te wè l jodi a? M kontan anpil li pa t melanje nan deblozay sa a.

Bennvolyo: Madam, inè anvan solèy sakre a pèse vit dore ki a lès la, sèvo m ki te twouble, pouse m al fè yon pwomnad; kote anba yon touf sikomò ki laji rive a lwès vil la, mwen wè pitit gason w lan ki t ap mache granm bonè sila a. M dirije m sou li, men, li pran prekosyon, li sove antre nan enteryè rak bwa a. Mwenmenm, ki jije santiman li pa mwayen de santiman pa mwen, ki lè sa a t ap chache yon andwa solitè, etandone te gen twòp moun la malgre m te sèl avèk vye tèt fatige mwen an, m suiv dispozisyon mwen, san m pa pousuiv pa li; twò kontan, mwen evite moun ki t ap kouri pou mwen an.

Montegyou: Anpil fwa yo konn wè l la lè maten, avèk dlo nan je l ki ogmante frèchè lawoze granm maten an, k ap ajoute plis nyaj sou nyaj yo avèk soupi li yo. Men, byen vit, tankou solèy la k ap rejwi, ki dwe kòmanse nan kote ki pi elwaye a lès la, rale rido sonm kabann Owò,[5] pitit gason akable mwen an kite limyè, li kouri sove lakay li, epi li anprizonnen tèt li nan chanm prive li; li fèmen fenèt li, li kadnase bèl limyè lajounen an deyò, li fè yon nuit atifisyèl pou tèt li. Dispozisyon sa a ap vin sonm ak fatal pou li si bon konsèy pa retire bagay ki lakoz li a.

Bennvolyo: Monnonk distenge mwen an, èske ou konn rezon an?

Montegyou: M pa ni konnen li, ni kapab aprann nan men li kisa l ye.

Bennvolyo: Èske ou fè tout sa ou kapab pou ensiste?

Romeo ak Jilyet

Montegyou: Ni mwenmenm poukont mwen, ni pakèt lòt zanmi tou; men, limenm, sèl konseye pasyon li se ak limenm—m p ap ka di si li fran—men, li tèlman an sekrè li kache l menm ak tèt li. Li tèlman difisil pou sonde pwofondè l ak pou dekouvri li, se tankou bouton yon flè yon vè jalou pike anvan menm li te gentan deplawye petal anbonmen li yo nan lè a oswa ofri bèlte l bay solèy la. Si sèlman nou te kapab aprann sous kote tristès sa a ap pouse soti, nou ta prese menm jan an pou nou ni konnen l ni geri l.

(Romeo antre.)

Bennvolyo: Gade, men l ap vini la a. Konsa, ekate kò w, tanpri; swa m a konnen kisa doulè li a ye, swa la plede refize m.

Montegyou: M ta swete, nan rete ou rete a, ou ta byen-nere ase pou tande yon konfesyon nèt ale. Vini, Madam, ann ale.

(Montegyou ak madanm li soti.)

Bennvolyo: Bòn lamatine, kouzen!

Romeo: Èske lajounen an jèn konsa?

Bennvolyo: Nevè fèk sonnen.

Romeo: Se vre? Lè ki tris parèt long. Èske se papa m ki deplase l sot la a vit konsa a?

Bennvolyo: Se te li, wi. Ki kalite tristès ki fè lè Romeo yo dire si lontan konsa?

Romeo: Se paske pa genyen sa ki ta ka fè yo kout si yo te genyen l lan.

Bennvolyo: Damou?

Romeo: Pèdi—

Bennvolyo: Pèdi lanmou?

Romeo: Pèdi favè moun mwen damou l lan.

Bennvolyo: Elas, dèske lanmou, ki si dous nan aparans li, kapab si sevè, si kriyèl nan reyalite li!

Romeo: Elas dèske lanmou, ak vizyon l ki vwale toujou a, dwe, malgre l pa gen zye, wè chemen pou l rive kote l vle ale a! Ki kote nou pral dinen? O, rete! Ki kalite deblozay ki te pase la a? Non, pa di mwen; paske m deja tande tout bagay. Gen anpil bagay la a ki gen rapò a rayisman, men pi plis ankò, a lanmou. Poukisa, alò, O, lanmou batayè, O, rankin anmoure,⁶ O, bagay ki kreye an premye, a baz de anyen! O, bagay leje ki lou, vanite ki serye, konfizyon san fòm ki soti nan fòm bèl visyon, plimpoul ki an plon, lafimen ki klè, dife ki frèt, lasante ki malad, dòmi ki mache ak je klè, ki pa sa li ye a vrèman! Men lanmou m santi an, m pa santi okenn lanmou ladan l. Sa pa fè ou ri?

Bennvolyo: Non, kouzen, mwen kriye pito.

Romeo: Adye, pou kisa?

Bennvolyo: Akòz de bon kè ou ki gen lapenn.

Romeo: Wi, se konsa lanmou fè move travay li. Doulè pa m kouche byen lou nan pwatray mwen, ou va laji li, fè l akable ou pou l peze sou pa ou. Lanmou sa a ou demontre a ajoute plis lapenn sou pa m ki te deja twòp la. Lanmou se yon lafimen ki leve avèk vapè soupi; lè li degaje l soti, li se yon flanm dife ki fè zèklè nan zye anmoure, lè l konsantre, li se yon lanmè ki nouri dlo nan zye anmoure yo. Kisa l ye ankò? Yon foli ki pi rezonab, yon anmè ki sifoke, epi yon ladousè ki remontan. Orevwa, kouzen mwen.

Bennvolyo: Dousman. M pral ansanm ak ou. E si se konsa w ap kite m ou fè m ditò.

Romeo: O! M bliye tèt mwen; m pa la a. Sa a se pa Romeo; li yon lòt kote.

Bennvolyo: Seryezman, di m non, ki moun ou renmen an?

Romeo: Kòman, se pou m jemi, epi m di ou?

Bennvolyo: Jemi? Non, pa konsa, men seryezman, di m ki moun.

Romeo: Di yon nonm malad seryezman pou l fè testaman li, a, se yon mo ki mal anplwaye pou yon moun ki malad serye. Seryezman, kouzen, mwen damou yon fi vrèman.

Bennvolyo: M touche bi a pre lè m devine ou damou.

Romeo: Ou se yon moun ki tire byen. E moun mwen renmen an bèl.

Bennvolyo: Yon bi ki bèl, bon kouzen mwen, pi fasil pou atenn li.

Romeo: Bon, bi sa a ou pa touche l. Li pa vle flèch Kipidon[7] atenn li. Li gen entelijans Dyàn[8]; epi kostim lagè eta vyèj li a reziste tout eprèv, li ame kont banza fèb anfanten lanmou kote l egziste byen pwoteje a. Li pa bay mo lanmou tan pou yo ansèkle l, ni li pa bay zye kote nonplis tou pou yo rankontre ak li, ni li pa ouvri kuis li pou lò ki genyen kapasite pou sedui sen. O, li rich nan bèlte; sèl pòvrete li se lè l mouri magazen l mouri avèk bèlte a.

Bennvolyo: Konsa, li jire pou l kontinye viv vyèj?

Romeo: Wi, se sa; e restrenn li restrenn li a, se lakòz yon gwo pèt. Paske bèlte, kenbe kout nan grangou sevè li a konsa a, li koupe bèlte a pou tout desandan li yo. Li twò bèl, li gen twòp konprann; konprann li an twò bèl, pou l merite lesyèl nan fè m dezespere. Li jire li p ap janm renmen, e nan ve sa a mwen viv tankou yon moun mouri ki viv pou l sa rakonte sa la a.

Bennvolyo: Koute konsèy mwen; sispann panse a li.

Romeo: O, anseye m kijan pou m sispann panse, non!

Bennvolyo: Nan bay zye ou libète. Egzaminen lòt bèlte.

Romeo: Se konsa. Pou ekselans pa li kapab ranfòse pi plis ankò. Mas[9] byennere sila yo ki bò fon bèl fi yo, nan nwa yo nwa a, yo sèvi pou yo raple nou koulè blanch yo kache a. Yon moun ki tonbe avèg pa ka bliye trezò li pèdi lè li vin pa kab wè. Montre m yon mètrès ki pi bèl depase lèbòn, kisa bèlte a ye pou mwen sinon yon nòt kote m kapab li non yon bèlte ki pi bèl ankò? Orevwa. Ou pa kapab anseye m jan pou m bliye.

Bennvolyo: M a reyisi konvenk ou osnon m a mouri nan dèt.

(Yo soti.)

Sèn II

Nan yon ri nan Vewòn

Kapilèt, Kont Paris, ak yon kloun, (yon sèvitè), antre

Kapilèt: Men Montegyou sou obligasyon menm jan ak mwen. Sou menm penalite a; e li pa twò difisil, mwen kwè, pou gason ki vye tankou nou mentni lapè.

Paris: Nou toulède, repitasyon nou onorab, e se yon pitye nou toulède viv nan dezakò tèlman lontan. Men, kounye la a, Ekselans mwen, kisa ou di sou deklarasyon lanmou mwen an?

Kapilèt: Anyen sinon pou m redi sa m te di anvan deja a: Pitit mwen an se yon etranje l ye toujou nan monn nan; li poko wè lafen katòzyèm ane li. Kite de lòt ete ankò fletri nan ògèy yo anvan nou panse li mi pou li marye.

Paris: Genyen ki pi jèn pase l ki ere dèske yo vin manman.

Kapilèt: Yo defigire twò vit tou sila yo ki vin manman twò vit yo. Tè a vale tout espwa mwen yo sòf pou limenm. Li se rèn espwa m sou latè a.[10] Men, renmen avèk li, Paris, gason janti, pran kè li. Volonte m se yon pati sèlman nan konsantman li. Si ou fè l plezi, se sou chwa li m va baze pou m di m dakò tout bon, ak pou m bay konsantman mwen. Aswè a m ap fè yon fèt ki yon tradisyon lakay mwen depi lontan, kote m envite anpil moun, moun mwen renmen. Ou se youn nan envite yo. W a byen resevwa si ou vini pou agrandi nimewo gwoup la. Aswè a, nan pòv kay mwen an, atann ou pou kontanple zetwal ki, tout pandan y ap foule tè a, y ap fè nwasè syèl la vin klè. Kalite konfò jèn gason vanyan santi lè avril ap rive an-penpan alasuit yon ivè k ap bwete, wi, atò plezi sa yo, pami boutonflè fenouy ki fre, ou va eritye aswè a lakay mwen. Tande yo tout, gade yo tout; epi renmen pi plis sa a ki gen plis merit la. Pami anpil moun ou va wè yo, pa m nan, ki youn ladan yo, va, si yo p ap chwazi li pou ran li, fè pati de nonb la. Annavan, vini avèk mwen.

(Li adrese yon sèvitè; li ba li yon papye.)

Mouche, ale, patwouye nan tout bèl peyi Vewòn nan; chache jwenn tout moun ki gen non yo ekri la a, epi w a di yo, kay mwen ak ospitalite mwen ap ret tann yo.

(Kapilèt soti avèk Paris.)

Sèvitè a: Al chache moun ki gen non yo ekri la a? Li ekri kòdonye a dwe sèvi ak lòn li, e tayè a avèk pwenson li, pechè a avèk penso li, epi pent lan avèk filè li; men, mwenmenm, yo voye m al chache jwenn moun ki gen non yo ekri la a, lò m pa kapab janm rive jwenn ki non moun ki ekri l la te ekri la a. Fò m oblije al adrese m a moun ki save yo. Yon bon rankont ki rive a tan!

(Bennvolyo antre avèk Romeo.)

Bennvolyo: Shhh, monchè, yon dife etenn yon lòt dife;[11] yon doulè amòti akoz soufrans yon lòt; tèt ou ap vire, tounen nan lòt sans la epi sa va ede ou. Yon lapenn dezespere geri avèk doulè yon lòt. Pran yon enfeksyon nèf nan zye ou epi pwazon sa ki ansyen an va mouri.

Romeo: Fèy bannann[12] bon anpil pou sa.

Bennvolyo: Pou kisa, silvouplè?

Romeo: Pou tibya ou ki kase a.

Bennvolyo: Romeo, ou pa byen nan tèt ou?

Romeo: Pa fou non, men mare pi mal pase yon moun fou. Fèmen nan prizon; kenbe m san yo pa banm manje; bat mwen ak toumante mwen epi—(Li adrese sèvitè a) Bòn apremidi, bon zanmi an.

Sèvitè a: Se pou Bondye ba ou yon bòn apremidi. Tanpri, Mesye, èske ou konn li?

Romeo: Wi, pwòp fòtin mwen nan mizè mwen.

Sèvitè a: Petèt ou pa t aprann ni nan liv. Men, tanpri, èske ou kapab li nenpòt bagay ou wè?

Romeo: Wi, si m konn lèt yo ak lang lan.

Sèvitè a: Ou pale onètman. Se pou Bondye toujou ba w kè kontan.

Romeo: Rete la, zanmi an. M konn li.

(Li li.)

«Sinyò Matino avèk madanm li, ak pitit fi l yo;
Kont Ansèlm avèk bèl sè l yo;
Ledi ki vèv Vitrivyo a;
Sinyò Plasennchio avèk bèl nyès li yo;
Mèkyouchio avèk frè li, Valanten;
Monnonk mwen Kapilèt, madanm li, ak pitit fi l yo;
Bèl nyès mwen an Wozlin ak Livya;
Sinyò Valennchio avèk kouzen li, Tibo;
Lisyo avèk Elena bon-vivan an.

(Li remèt li papye a.)

Yon bèl gwoup moun. Ki kote pou yo ale?

Sèvitè a: Anwo a.

Romeo: Ki kote? Pou y al soupe?

Sèvitè a: Lakay nou.

Romeo: Lakay ki moun?

Sèvitè a: Lakay mèt mwen.

Romeo: M te dwe mande ou sa anvan. Se vre.

Sèvitè a: M pral di w sa, kounye a, san w pa mande m. Mèt mwen se gwo zouzoun, nonm rich la, Kapilèt; e si w pa fè pati de kay Montegyou yo, tanpri vini, epi kraze yon vè diven. Se pou Bondye toujou ba w kè kontan.

(Li soti.)

Bennvolyo: Nan menm ansyen fèt Kapilèt sila a, bèl Wozlin ou renmen anpil la, ap soupe la, avèk tout lòt bote ki admire nan Vewòn yo. Ale la, epi avèk yon rega ki pa tente, konpare figi li avèk lòt sa m va montre ou yo, e m ap fè ou panse bèl siy[13] ou an se yon kòbo.

Romeo: Si jamè zye mwen, malgre devosyon relijye yo genyen an, ta pwoklame yon kalite manti konsa, se pou dlo nan zye m tounen flanm dife! E (zye) sila yo, ki souvan nwaye yo, se pou yo pa janm mouri, antanke eretik transparan se pou yo brile, paske yo se mantè! Youn ki pi bèl pase moun mwen damou l lan? Solèy la, ki wè tout bagay, pa janm wè youn ki parèy li depi lemonn kòmanse.

Bennvolyo: Shhh. Ou te wè l bèl paske pa t gen okenn lòt moun bò kote l; ou te met nan balans limenm avèk limenm, nan chak zye w. Men, nan balans kristal sa a, kite yo mezire lanmou fi pa w la avèk lanmou yon lòt fi mwen va montre w ki klere nan fèt sila a, e se apèn si sa k parèt pi bon an kounye a va genyen yon ti klate menm.

Romeo: M va ale, pa pou m wè sa ou va montre m nan non, men pou m rejwi nan glwa pa m nan.

(Yo soti.)

Romeo ak Jilyet

Sèn III

Lakay Kapilèt yo, Madanm Kapilèt antre avèk Enfimyè nouris la

Madan Kapilèt: Enfimyè, kote pitit fi m nan? Rele l pou mwen.

Enfimyè a: O non de vijinite m, m pèdi a douz an an, m di l vini. Hey, Ti Mouton! Hey, Ti Femèl zwazo! Mande Dye padon! Kote tifi sila a? Hey, Jilyèt!

Jilyèt: Sa l ye? Kimoun k ap rele m nan?

Enfimyè a: Manman ou.

Jilyèt: Madam, men mwen. Kisa ou vle?

Madan Kapilèt: Men sa k genyen—Enfimyè, kite nou poukont nou pou yon ti moman. Nou dwe pale an sekrè. Enfimyè, retounen ankò. M chanje lide m; ou andwa koute pawòl prive nou. Ou konnen pitit fi m nan gen yon bèl laj.

Enfimyè a: An verite! M gendwa di ou laj li rive jis sou lè a menm.

Madanm Kapilèt: Li poko gen katòz an.

Enfimyè a: M ta parye katòz nan dan m yo, men, malè pou mwen, se kat sèlman m genyen—Li poko gen katòz an. Ki kantite tan k genyen jis Lamwason[14] rive?

Madan Kapilèt: Omwen kenz jou.

Enfimyè a: An plis, ou an mwens, sa pa fè anyen. Pami tout jou nan ane a, se aswè, lavèy Lamwason, l ap gen katòz an. Sizàn[15] avèk li (Se pou Bondye gade tout nanm

Kretyen!) te gen menm laj. Enben, Sizàn avèk Bondye; li te twò bon pou mwen. Men, kòm mwen di, lavèy Lamwason, aswè, l ap gen katòz an. Wi, se laj sa a l ap genyen menm. M sonje l trè byen. Se te onz an apre tranblemanntè[16] a. E li te sevre (M p ap janm bliye l), nan tout jou nan ane a, jou sa a. Paske m te mete absent sou pwent sen mwen; m te chita anba solèy la, anba mi kalòj pijon an. Mèt mwen ak ou te Mantou lè sa a. Non, sèvo m la toujou. Men, kouwè m te di, lè l te pran gou absent la sou pwent sen m, e li wè l te anmè, pòv ti nayiv la, se pou te wè jan l te fache; li fè kòlè avèk tete a! Menm lè a kalòj pijon an pran sekwe! Yo pa t bezwen di m, ou mèt kwè mwen, pou m deplase m. Sa fè onz an depi lè a; paske lè sa a li te kapab kanpe poukont li; wi, gras a Dye, li te kapab kouri voltije toupatou. Paske jou avan an, li te kase fon l, epi mari mwen (Bondye gade nanm ni! Li te yon nonm byen ge!) pran pitit la. Li di, «Adye wi dan, ou tonbe sou figi ou? Lè ou gen plis konprann ou va tonbe sou do[17], se pa vre, Jil? Epi, m jire sou Nòtredam, bèl ti pitit la sispann kriye, li di, «Wi.» Pou wè kounye a jan yon blag vin tounen toutbon! M garanti, menm si m viv pou milan, m p ap janm bliye l. «Se pa vre, Jil?» li di. Bèl ti nayiv la sispann, epi l di, «Wi.»

Madan Kapilèt: Ase ak pawòl sa a. Tanpri, rete an pè.

Enfimyè a: Wi, Madam. Malgre sa m pa ka anpeche m ri lè m panse li sispann kriye epi l di, «Wi.» E malgre sa, m garanti, li te genyen yon boul sou fon l ki te gwo tankou grenn yon jèn kòk. Yon move kou; epi l kriye anpil. «Adye wi dan,» Mari m di. «Ou tonbe sou figi ou? Lè ou gen plis konprann ou va tonbe sou do, se pa vre, Jil?» Li sispann epi l di, «Wi.»

Jilyèt: Ou menm tou, sispann, tanpri, Enfimyè, di wi.

Enfimyè a: M ap bay lapè. Mwen fini. Se pou Bondye jete gras li sou ou! Ou te pi bèl tibebe m te janm bay sen. E si m te viv pou m wè ou marye yon jou, m ta satisfè.

Madanm Kapilèt: Gade sa! Se sou sijè maryaj la menm m vin pou m pale la a. Di m non, Jilyèt, pitit mwen, ki dispozisyon ou pou ta marye?

Jilyèt: Se pa yon onè m te janm reve genyen.

Enfimyè a: Yon onè? Si m pa t sèl nouris ou, m ta di ou te souse sajès lè ou tap tete.

Madan Kapilèt: Enben, panse a maryaj kounye a. Moun ki pi jèn pase ou, la a nan Vewòn, dam ki gen diyite, vin tounen manman deja. Daprè jan m kalkile, m te manman ou deja anvan tout ane ou wè w demwazèl la a. Konsa, an de mo: Paris, jenòm vanyan an, vle ou pou anmoure li.

Enfimyè a: Men yon gason, jèn dam mwen! Dam mwen, yon gason konsa, kòm nan lemonn antye—se yon mann-ken ki fèt ak lasi.[18]

Madan Kapilèt: Ete Vewòn yo pa fè yon flè tankou sila a.

Enfimyè a: Non, se yon flè l ye, an verite—yon flè menm.

Madan Kapilèt: Kisa ou di? Èske ou kapab renmen jenòm lasosyete sila a? Aswè a w ap wè l nan fèt nou an. Etidye volim figi Paris, ti jenòm nan, byen; e dekouvri plezi ki ekri la avèk plim Bèlte. Egzaminen tout trè ki byen plase, epi wè jan youn bay lòt valè; e sa ki vwale nan bèl volim la, ou va wè l ekri nan maj zye li. Liv damou presye sila a, anmoure san atachman sa a, pou rann li pi bèl ankò, manke yon kouvèti sèlman. Pwason viv nan lanmè, e se yon gran fyète pou yon bagay ki bèl aleksteryè kache yon bagay ki bèl alenteryè. Liv sila a, nan zye anpil moun, pataje glwa ki, avèk fèmti ann ò li, anfèmen istwa dore

a. Se konsa ou va pataje tout sa l posede, e nan posede li sa pa redui w pou rann ou mwens.

Enfimyè a: Rann mwens? Non, rann plis! Fi gwosi akoz gason.[19]

Madan Kapilè: Pale brèf, di mwen, non, èske ou kapab aksepte lanmou Paris?

Jilyèt: M a gade l pou renmen l, si gade pouse renmen. Men zye m p ap tire pi lwen pase kote konsèy ou yo ba yo fòs pou fè yo vole ale.

(Yon Sèvitè k ap sèvi antre.)

Sèvitè a: Madam, envite yo vini, soupe a sèvi, y ap rele ou, y ap mande pou jèn demwazèl la, y ap joure Enfimyè nouris la nan kuizin nan, e tout bagay fini. Se pou m ale pou m sèvi. Tanpri, vini kounye a.

Madan Kapilèt: N ap suiv ou.

(Sèvitè a soti.)

Jilyèt, Kont la ap ret tann nou.

Enfimyè a: Ale, tifi mwen, al chache nuit kèkontan pou mete sou jou kèkontan ou.

(Yo soti.)

Sèn IV

Yon lari

Romeo, Mèkyouchio, Bennvolyo,
antre avèk senk ou sis lòt moun
maske, avèk moun k ap pote tòch

Romeo: Kisa, èske fò n pwononse diskou a pou prezante eskiz nou? Oswa èske se pou n antre san jistifikasyon?

Bennvolyo: Pakèt pawòl sa yo pa alamòd ankò. Nou p ap gen Kipidon ak zye l bande avèk yon echap, k ap pote banza an bwa pentire yon Tata[20] k ap fè fi yo pè tankou yon epouvantay[21]; p ap gen prefas aprann pa kè, resite tou ba avèk èd yon moun k ap sifle n pou prepare antre nou; men kite yo pran mezi nou jan yo vle, nou va danse yon mezi epi n ale.

Romeo: Banm yon tòch. M pa renmen pakèt pwomnad an won sa a. Kòm mwen sonm m a pote limyè a.

Mèkyouchio: Non Romeo, bon moun mwen, nou vle wè ou danse.

Romeo: Pa mwen menm, kwè mwen. Ou gen soulye dans ak semèl fleksib; semèl pa m an plon. Konsa kloure m atè a pou m paka bouje.

Mèkyouchio: Ou se yon anmoure. Se pou prete zèl Kipidon epi pou vole monte depase vòl pa nou.

Romeo: Flèch li a pèse m, li fè m tèlman mal m pa ka vole monte ak plim leje li yo; e m tèlman mare m pa ka sote mate depase yon doulè ki si kole. Mwen fonse desann anba gwo fado lanmou an.

Mèkyouchio: Konsa se pou lage kò ou sou li; si ou mete yon fado sou lanmou, chay la va twòp pou yon bagay delika konsa.

Romeo: Èske lanmou se yon bagay ki delika? Li twò brital, twò di, twò tibilan! Li kòche tankou pikan.

Mèkyouchio: Si lanmou brital ak ou, brital ak lanmou; pike l paske l pike ou, epi ou bat li lage l atè. Ban mwen yon mas pou m mete sou figi m. Yon mas pou yon mas! Ki mele m si yon zye jouda dekouvri yon defòmite nan aparans mwen? Men sousi epè ki va wouji pou mwen.

Bennvolyo: Annavan; frape epi antre; e dèke nou anndan se pou chak gason mete yo sou janm yo.

Romeo: Ban m yon tòch! Kite sa ki galan ki gen kè leje yo zatouyèt tapi ki pa siseptib la avèk talon yo. Paske m pare ak yon pwovèb granpè; m va kenbe chandèl epi m rete m ap gade. Se pandan jwèt la bon toujou pou m lage l.

Mèkyouchio: Sispann! Rete dousman kouwè yon sourit; se sa jandam la di! Si ou se yon cheval[22] ki rele *dun*, nou va rale ou soti nan labou lanmou dezagreyab sa a kote w ap patoje rive jis nan zòrèy la. Annavan n ap boule limyè! Ale!

Romeo: Non, se pa konsa.

Mèkyouchio: Sa m vle di, Mesye, sèke nan pèdi tan, n ap gaspiye limyè nou pou anyen, menmjan ak limen lanp pandan lajounen. Konprann pawòl avèk bon entansyon nou an, paske konprann nou rete la senk fwa plis pase si n ta anplwaye senk sans nou.

Romeo: E nou gen bon entansyon lò n ale nan fèt sa a; men sa pa montre entelijans pou nou ale.

Mèkyouchio: Pou kisa? Si yon moun gen dwa mande.

Romeo: M fè yon rèv yèswa.

Mèkyouchio: E mwen menm tou.

Romeo: Enben, kisa pa w la te ye?

Mèkyouchio: Moun ki reve souvan yo bay manti.[23]

Romeo: Nan kabann yo y ap dòmi toutpandan y ap reve bagay ki laverite.

Mèkyouchio: O, konsa m wè Rèn Mab[24] te avèk ou. Li se sajfam pou Fe[25] yo, e li vini nan yon fòm ki pa pi gwo pase yon pyè agat[26] nan dwèt yon majistra ki genyen yon gwoup ti kreyati k ap trennen sou nen gason pandan yo kouche y ap dòmi. Reyon wou kabwèt yo fèt avèk janm long arenyen, kouvèti li, avèk zèl chwalbwa, brid li yo, avèk fil arenyen ki pi fen yo, kole l yo, avèk reyon imid lalin, fwèt li, avèk zo krikèt, kòd li, avèk fil, moun k ap kondui kabwèt li, se yon ensèk ak yon manto gri ki mwatye l pa pi gwo pase yon ti vè won yo rale ak yon zepeng soti nan dwèt parese yon sèvant. Charèt li se yon nwa vid yon ekirèy ki menizye oswa yon vye ensèk taye, oswa moun ki fè charèt pou Fe yo depi nan tan lontan. Epi nan kondisyon sila a, li galope chak swa nan sèvo moun ki anmoure, epi yo fè rèv lanmou; sou jenou jenòm lasosyete, ki menm lè a reve de koutwazi; sou dwèt avoka, ki menm lè a reve kantite kòb y ap mande; sou pobouch fi, ki menm lè a reve de beze, ki lèkonsa Mab, ki fache, voye fleyo zanpoul sou yo pase souf yo gen sant sirèt. Gendefwa li galope sou nen yon jenòm lasosyete, epi li reve li pran sant yon lademann. E, gendelè, li vini avèk yon ke kochon, ki se yon ladim,[27] li zatouyèt nen yon pè pandan l kouche l ap dòmi, epi li reve yon lòt benefis. Gen de lè li kondui sou kou yon sòlda, epi li reve l ap koupe gòjèt etranje, li reve brèch, anbiskad, lam kouto espayòl, bwè a-la-sante nan vè fon ki gen senk bras, epi apre sa li bat tanbou nan zòrèy li; lè konsa li pantan, li reveye, epi paske li pè, li lage yon jouman oswa youn ou de lapriyè, epi li tonbe dòmi ankò. Se menm Mab sa a ki nannuit li trese krinyè cheval, epi li mare ne di nan pwal mele malefik yo, ki, dèke ou demele yo anpil malè menase ou. Se kochma sila a, lè jènfi kouche sou do, ki peze yo, ki aprann yo pote chay yo, ki fè yo vin tounen fanm solid. Se li menm—

Romeo: Lapè, lapè, Mèkyouchio, lapè! W ap pale yon pakèt rans.

Mèkyouchio: Se vre, m ap pale bagay rèv; ki se pitit yon sèvo ki pa gen anyen pou l fè, ki fòme avèk anyen sinon ak fantezi ki pa rapòte anyen; ki gen menm sibstans leje avèk lè, ki pi varyab pase van, ki menm kounye a k ap file pwatray jele Lenò, epi paske l an kòlè, soufle leve sot la, vire bòkote Lesid k ap degoute lawoze a.

Bennvolye: Van sa w ap pale a l ap soufle nou soti nan zafè pa nou. Soupe fini, epi n a rive twò ta.

Romeo: M pi pè n ap twò bonè; paske sèvo m ban m move prevwayans kèk bagay ki va rive nan lavni, ki pandye nan zetwal yo toujou, ki va kòmanse raj rande-vou enfènal li ak banbòch nuit sila a, epi ki va fini kous yon lavi degoutan tou pwòch pwatray mwen avèk kèk move fòfè yon lanmò anvan lè li. Men, sa ki gen kontwòl wout mwen nan men l la dirije vwal mwen. Annavan, mèsye ki sou sa yo!

Bennvolyo: Tanbou, kòmanse.

(Yo mache sou sèn nan. Yo soti.)

Sèn V

Kay Kapilèt yo

Gason k ap sèvi yo vini avèk sèvyèt

Premye Gason k ap Sèvi a: Kote Pòtpenn ki fè li p ap ede nou desèvi? Li menm deplase yon kabare! Li menm netwaye yon kabare!

Dezyèm Gason k ap sèvi a: Lè bon mànyè rete tout nan men youn ou de gason, e yo pa pwòp met sou li, se yon bagay ki sal.

Premye Gason k ap Sèvi a: Wete tabourè ki kole ansanm yo, retire pan planch yo, fè atansyon a plat la. Bon moun mwen, sere yon moso pat zanmann pou mwen; si w renmen mwen kite pòtè a kite Sizàn Gràynstonn avèk Nèl antre. (*Dezyèm gason kap sèvi a soti.*) Antoni ak Pòtpenn!

(*De gason ankò k ap sèvi antre.*)

Twazyèm Gason k ap sèvi a: Wi, tibway, m pare.

Premye Gason k ap Sèvi a: Y ap chache ou, y ap rele ou, y ap mande pou ou, y ap chèche ou nan gran sal la.

Katriyèm Gason k ap Sèvi a: Nou pa kapab la a epi laba an menm tan. Mete kè kontan nou sou nou, ti mesye! Mache vit pou yon moman, e kite sila a ki andire pi lontan an resevwa tout rekonpans lan.

(*Twazyèm ak katriyèm gason k ap sèvi yo soti. Kapilèt, madanm li, Jilyèt, Tibo, Enfimyè nouris la, avèk tout envite yo, avèk jèn medam lasosyete yo antre; yo adrese moun maske yo.*)

Kapilèt: M akeyi nou, jènjan yo! Dam ki gen zòtèy yo ki pa aflije ak kò va mache[28] ale-vini avèk nou. Aha, Demwazèl mwen yo! Kiyès pami nou tout ki pral refize danse kounye la a? Sa ki pretann li refize a, sila a, m a jire li genyen kò. Èske m rive pre kote sansib la? M akeyi nou, jènjan yo! Te gen yon lè, mwen tou, m te mete yon mas, e m te kapab pale ba nan zòrèy yon bèl dam, di l yon tèl istwa ki ta ka fè plezi. Li ale; li ale; li ale! M akeyi nou, jènjan, yo! Mizisyen yo, vini, jwe.

(Mizik jwe, epi yo danse.)

Sal la, sal la! Fè plas! E sou pye nou, ti medam. Plis limyè, sanzave yo! Redrese tab yo, epi etenn dife yo, sal la vin twò cho. A, mouche, espò sa a nou pa t atann a li a, vini byen. Non, chita, non, chita, bon kouzen Kapilèt, paske oumenm avèk mwen lè danse nou pase. Konbyen tan sa fè depi oumenm avèk mwen te nan yon bal maske?

Dezyèm Kapilèt la: Trant an, Onon de Nòtredam.

Kapilèt: Kisa, monchè? Pa gen tout tan sa a; pa gen tout tan sa a; se te depi maryaj Lisennchio a. Lapannkòt mèt vini vit jan l vle, sa fè vennsenk an, e lè sa a nou te maske.

Dezyèm Kapilèt la: Li pi lontan, li pi lontan. Misye, pitit gason li an pi gran; pitit gason li an gen trantan.

Kapilèt: Ou vle di m sa? Pitit gason li an te yon minè sèlman dezan de sa.

Romeo *(Adrese yon gason ka p sèvi):* Kiyès dam sa a, ki anrichi men chevalye ki lòt bò la a?

Gason k ap sèvi a: M pa konnen non, Mesye.

Romeo: O, li montre tòch yo, kòman pou yo boule, pou yo sa briye! Li sanble l ap pann sou bò figi aswè a tankou yon bijou rich nan zòrèy yon Etyopyèn—Bèlte ki twò rich pou yo itilize l, twò presye pou latè a! Tankou yon kolonm kouwè lanèj parèt pami yon twoup kòbo, se konsa dam lòt bò a parèt nan mitan konpayèl li yo. Dans lan fini, m va gade plas kote l met kò l epi, touche men li, m va beni men sovaj mwen an. Èske kè m te damou anvan kounye a? Renonse li, zye mwen! Paske m pa t janm wè vre bèlte anvan aswè sila a.

Tibo: Sila a, sou vwa li, dwe se yon Montegyou. Al chache rapyè[29] mwen, tigason. Kisa, èske esklav la oze vini la a, figi l kouvri ak yon mas komik, pou l moke, ak ensilte festivite nou an? Kounye a, pou ansyen onè fanmi mwen, m pa twouve l se yon peche pou m frape l m tiye l.

Kapilèt: Kisa, sa k genyen, fanmi mwen? Kikote ou ap kouri ale ak firè sa a?

Tibo: Monnonk, sa a se yon Montegyou, enmi nou; Yon sanzave, ki vin la a ak malis, pou l vin pase festivite nou an nan betiz aswè sila a.

Kapilèt: Jèn Romeo, se sa?

Tibo: Se li menm, sanzave a, Romeo.

Kapilèt: Rangennen kò ou, kouzen dou mwen, kite l trankil. Li kondui tèt li ak bon konpòtman, e pou di laverite, Vewòn vante li kòm yon jènjan ki gen vèti e ki byen disipline. Pou lajan nan tout vil la m pa ta denigre l la a lakay mwen an. Donk, rete pasyan, pa okipe li. Se volonte mwen, e si ou respekte li, mete aparans debyen sou ou epi retire min ki nan fon w yo, yon binèt ki pa ale byen ak yon fèt.

Tibo: Sa mete moun ankòlè lè yon sanzave konsa se yon envite. M p ap tolere li.

Kapilèt: Se pou tolere li. Sa k genyen tigason enpètinan!

Mwen di se pou tolere li. Annavan! Èske se mwen ki mèt la a oswa ou menm? Annavan! Ou p ap tolere li? Se pou Bondye sove nanm mwen! Ou va lakòz yon dezagreman vyolan pami envite m yo! Ou se kòk kokoriko a w ap pran devan, ou se grannèg k ap kòmande a!

Tibo: Monnonk, se yon wont!

Kapilèt: Ale, ale! Ou se yon tigason ki ensolan. Se pa vre, sa ye vre? Avanti sa a ka vin koute ou chè. Mwen konn sa m ap di. Ou vle opoze mwen! Onon de Mari, se lè pou aprann plas ou. (*Li adrese moun k ap danse yo.*) Nou fè byen, kè m yo! (*Liadrese Tibo.*) Ou radi—ale! Rete trankil, oswa—(*Li adrese moun k ap sèvi yo.*) Plis limyè, plis limyè! (*Li adrese Tibo.*) Ala yon wont! M va fè ou ret trankil; sa l ye la a! (*Li adrese moun k ap danse yo.*) Avèk jwa, kè m yo!

Tibo: Pasyans fòse ki rankontre avèk kòlè volontè fè chè m tranble lò yo fè konesans malelve yo youn ak lòt. M ap rale kò m; men, restrenn fòse sa a ki parèt li adousi a, va konvèti vin tounen yon fyèl amè.

(*Li soti.*)

Romeo (*Adrese Jilyèt*): Si m pwofane[30] avèk men san merit nèt mwen an, chapel sakre sila a ak peche janti mwen sa a; pobouch mwen, de peleren timid, kanpe pare pou yo efase touch di sila a avèk yon beze soup.

Jilyèt: Bon peleren, ou bay men ou, ki montre yon devo-syon byennelve nan sa l fè a, twòp tò. Paske sen genyen men, men peleren touche, e, plamen ak plamen se yon beze sen peleren yo bay.

Romeo: Èske sen pa genyen pobouch, epi peleren ki sen yo tou?

Jilyèt: Wi, peleren, pobouch yo dwe anplwaye nan lapriyè.

Romeo: Donk, chè, sent, kite pobouch fè sa men fè! Yo priye; egzose yo; sinon lafwa va tounen dezespwa.

Jilyèt: Sen pa bouje, kwak yo egzose lapriyè.

Romeo: Donk pa bouje tout pandan m ap resevwa rezilta lapriyè mwen an. Konsa, pobouch ou efase peche ki soti nan pobouch mwen. *(Li bo li.)*

Jilyèt: Donk pobouch mwen kenbe pou yo peche yo pran nan pa ou yo.

Romeo: Peche, ki soti nan bouch mwen? O, repwòch dous yo fè mwen! Remèt mwen peche mwen. *(Li bo li.)*

Jilyèt: Ou aprann nan liv jan pou bo.

Enfimyè nouris la: Madam, manman w bezwen pale avè ou.

Romeo: Kiyès ki manman l?

Enfimyè nouris la: Ebyen, selibatè, manman li se mètrès kay la; yon bon madanm, youn ki gen sajès ak bon kalite. Se mwen ki nouris pitit fi l ou t ap pale a k li la a. Mwen di ou, moun ki kapab rive poze men sou li, va resevwa lajan an.

Romeo: Li se yon Kapilèt? O chè pawòl! Lavi m nan men enmi mwen.

Bennvolyo: Ann ale, soti; fèt la fini.

Romeo: Se sa m krenn. M twouble pi plis ankò.

Kapilèt: Non, mèsye, pa pare pou nou ale; nou gen yon vye ti bankè k ap prepare. Donk nou fin deside? Enben, konsa mwen remèsye nou tout. M remèsye nou, jènjan onèt yo. Bòn nuit. Pote plis tòch bò la a! Enben annavan, ann al nan kabann. Aa, mouche, anverite, l ap vin ta. M pral repoze m.

(Tout moun soti eksepte Jilyèt avek Enfimyè nouris la.)

Jilyèt: Vini la a, Enfimyè, kiyès jenòm laba a ye?

Enfimyè nouris la: Pitit gason ak eritye vye Tiberyo.

Jilyèt: Kiyès li ye sa a k ap soti deyò a kounye la a?

Enfimyè nouris la: Sila a, O non de Mari, m kwè se jèn Petwoukyo.

Jilyèt: Kiyès k ap suiv bò laba a, sa k pa t vle danse a?

Enfimyè nouris la: M pa konnen.

Jilyèt: Al mande non l—si l marye. Se pwobab tonm mwen va tounen kabann maryaj mwen.

Enfimyè nouris la: Non l se Romeo, e li se yon Montegyou, sèl pitit gason gwo enmi ou.

Jilyèt: Sèl amou mwen pouse leve nan sèl lahèn mwen! Mwen wè l twò bonè san m pa rekonèt li, e mwen konnen li twò ta! Ala yon gwo lanmou ki pran nesans pou mwen ki fè m dwe renmen yon enmi ki degoutan.

Enfimyè nouris la: Kisa l ye? Kisa l ye?

Jilyèt: Yon vè m aprann kounye la a menm nan men yon moun mwen sot danse avè l toutalè a.

(Yon moun rele anndan an, «Jilyèt».)

Enfimyè nouris la: Tousuit! Tousuit! Vini, ann ale; etranje yo yo tout ale.

(Yo soti)

Nòt pou Ak I

1. Chabonye: Yon jwèt ak mo sou espresyon Sanpsonn itilize a, ki vle di ann anglè: «Nou p ap pote chabon.» Li p ap tolere moun ensilte l.

2. Mi: Kòm pa t gen twotwa nan epòk sa a, akoz de dlo ki konn koule nan egou nan mitan lari yo, pase akote mi yo te vle di pase sou kote ki pi pwòp la.

3. Tèt filè: La a, nou wè yon egzanp *jwèt ak mo* ansanm ak endesans nan pawòl Sanpsonn yo. Lè l retire tèt filè fi yo, li vle di yo p ap vyèj ankò. *Jwèt ak mo* a kontinye nan dyalòg la.

4. Pwason: Nan epòk Shakespeare, yon *pwason* te vle di yon «pwostitiye».

5. Owò: An fransè, «*Aurore*» ki reprezante granm maten.

6. O, rankin anmoure: La a, Shakespeare anplwaye yon seri tèm kontrè yo rele *paradòks*, kote youn kontredi lòt, bagay ki ede mete ann evidans konfli ki trivyal kounye a, men ki pral nan kè pyès la.

7. Kipidon: Nan mitoloji women, *Kipidon* se dye lanmou, pitit Venis. Yo montre l souvan nan fòm yon tigason toutouni ki gen yon banza ak yon flèch nan men l, ki senbòl lanmou.

8. Dyàn: Nan mitoloji women Dyàn se yon vyèj ki deyès lachas; yo asosye li ak lalin.

9. Mas: Nan epòk sa a, sou rèy Rèn Elizabèt I, fi te konn gen abitid mete mas nwa ki kache mwatye figi yo lè yo soti nan lari.

10. Li se rèn espwa m sou latè a: Kapilèt vle di se sou pitit fi li a tout espwa l ye pou l gen pitit-pitit. Se li ki sèl eritye li.

11. Yon dife etenn yon lòt dife: Yon pwovèb yo te anplwaye non epòk Shakespeare la.

12. Fèy bannann bon anpil pou sa. Romeo pran pwovèb la nan sans literal, an palan de yon enfeksyon reyèl yo ka trete avèk fèy bannann olye de yon doulè ki ka trete yon lòt doulè.

13. Siy: La a, Shakespeare anplwaye mo anglè, *«swan»*, yon *«cigne»* an fransè, yon bèl zwazo, dòdinè ki blan, e ki gen anpil gras nan jan l deplase li, pou l konpare ak yon *«crow»*, yon «kòbo,» ki nwa, ki pa konsidere kòm yon bèl zwazo.

14. Lamwason: La a, Shakespeare anplwaye mo anglè, *«Lamastid»*, yon fèt nan mwa d out ki selebre lamwason, rekòt.

15. Sizàn: Sa te kapab pitit Enfimyè a.

16. Tranblemanntè: Se yon tranblemanntè ki te pase nan Lond nan dat 6 avril 1580. Akòz evennman sa a yo mansyone nan pyès la, otè pyès *Romeo ak Jilyèt la* te kapab ekri èv la an 1591.

17. Ou va tonbe sou do: La a, se yon referans a bagay chanèl.

18. Yon mannken ki fèt ak lasi: yon bèl gason.

19. Fi gwosi akoz gason. Yon jwèt ak mo. Fi vin pi gwo akoz gason ki fè yo ansent.

20. Tata: Ann anglè ak fransè, *"Tartar"*, yon mo ki gen rapò a yon pèp ki abite Azi Santral—Latiki ak Mongoli. Banza y ap pale de li a te kout, li te fèt pou moun monte cheval pou yo tire li.

21. Epouvantay: La a, yon tigason ak yon banza nan men l yo met kanpe nan yon chan pou li fè zwazo pè.

22. Cheval: Y ap fè alizyon la a a yon jwèt ki te popilè nan epòk la pandan sezon ivè, kote yo rale yon gwo bout bwa, yo pretann ki se yon cheval yo rele *dun*, yo retire l sot nan labou. Sa vle di si Romeo rankontre dezagreman y a retire l soti ladan l.

23. Manti: La a, gen yon jwèt ak mo k ap fèt ant Mèkyouchio ak Romeo nan liy ki suiv yo. Mo anglè Shakespeare anplwaye la a se *"lie"* ki vle di «kouche;» anmenmtan li vle di «Manti tou.»

24. Rèn Mab: Se yon kreyati imajinè, yon Fe ki kapab gen orijin li nan fòklò Ilandè. Li parèt nan literati pou lapremyè fwa nan Romeo ak Jilyèt. Apresa, li vin parèt nan lòt literati.

25. Fe: Deyès Desten. Non an soti nan yon mo laten «Fatum»
ki vle di *Destine*. Yon *Fe* se yon kreyati feminen imajinè
lejann di ki genyen pouvwa sipènatirèl sou destine imen.
Genyen bon Fe; genyen move Fe.

26. Agat: Yon mineral di, nan gwoup «kwartz». Yo anplwaye l
pou fè bijou.

27. Ladim: Yon dizyèm pòsyon sèten legliz pran nan men fidèl
li yo kòm kontribisyon.

28. Mache: Danse ak nou.

29. Rapyè: Yon zam long, mens, ki gen de tranchan file, yo te
itilize nan sèzyèm ak disetyèm syèk.

30. Si m pwofane: Liy sa yo kòmanse yon *Sonè* ki fini lè
Romeo bo Jilyèt. Se premye fwa yo toulède ap pale
ansanm nan yon bèl echanj de mo.

Ak II

Pwològ

Kè a antre

Kè a:

Kounye a, vye lanmou an ann agoni sou kabann lanmò li, e yon jèn afeksyon rete bouch ouvè pou l eritye li; bèl dam[1], lanmou l ap jemi pou li e t a mouri pou li a, konpare ak dous Jilyèt, pa bèl koulye la a. Kounye a Romeo se yon byenneme, e li damou ankò, madichonnen[2] menm jan an avèk cham aparans; men li oblije plenn bay moun ki sanse enmi li an, e dam la vòlè amòs[3] dous lanmou an nan zen efreyan an. Kòm yo konsidere l tankou yon enmi, li ka pa gen aksè pou l soupire ve li tankou sa anmoure konn abitye sèmante yo. E jèn fi a damou li menm otan, mwayen pa li pou l rankontre okenn kote ak nouvo byenneme li a, mwens pi plis ankò; men pasyon prete yo pouvwa, tan, mwayen pou yo rankontre; li amòti difikilte ekstrèm lan avèk ladousè ekstrèm.
(*Kè a sòti.*)

Sèn I

Yon riyèl akote miray chan Kapilèt yo

Romeo antre poukont li

Romeo: Èske m ka avanse lè kè m se la a l ye? Retounen, tè[4] lou, epi jwenn sant ou.

(*Romeo grenpe monte mi an epi li voltije desann anndan.*)

Bennvolyo ak Mèkyouchio antre.

Bennvolyo: Romeo! Kouzen mwen, Romeo! Romeo!

Mèkyouchio: Li gen konprann, e m jire sou vi m, m panse l al lakay li nan kabann li.

Bennvolyo: Li kouri bò la a, e l voltije mi chan sa a. Rele l, Mèkyouchio, bon moun mwen.

Mèkyouchio: Non, m ap envoke l too. Romeo! Kapris! Moun fou! Pasyon! Anmoure! Parèt nan fòm yon soupi; pale pou di yon sèl vè pwezi, epi mwen satisfè! Rele di, «Elas mwen!» sèlman. Pwononse sèlman «lanmou» ak «toutrèl»[5], pale ak makòmè m, Venis, di l yon bèl mo, yon tinon pou pitit gason avèg ak eritye li a, jèn Abraram Kipidon[6], limenm ki te tire trè jis lè Wa Kopetya[7] te renmen jèn fi ki t ap mande lacharite a! Li pa t tande, li pa t bouje, li pa t deplase. Goril[8] la mouri, e m dwe konjire l. Mwen konjire ou, onon de zye klere Wozlin yo, onon de fon long li an ak pobouch wouj li a, onon de bèl pye li, janm dwat li, ak kuis li k ap fremi a, epi rejyon li ki kouche akote yo, pou parèt devan nou nan pwòp fòm ou!

Bennvolyo: E si l tande ou, w a fè l fache.

Mèkyouchio: Sa a pa ka fè l fache. Sa t a fè l fache si yon espri te leve nan sèk mètrès li, youn ki gen kèk nati etranj, pou m kite l kanpe la jistan mètrès li a fè l kouche, epi konjire l desann. Sa t a kèk ofans; sa m envoke a jis ak onèt: O non de mètrès li, mwen konjire pou m leve l[9] sèlman.

Bennvolyo: Vini, li kache kò l pami pyebwa sa yo pou l ka akòde ak nuit imid la. Lanmou li an avèg, e li akòde pi byen ak fènwa.

Mèkyouchio: Si lanmou avèg, lanmou p ap ka atenn bi li. Kounye a li va chita anba yon pye pèch epi dezire pou metrès li a t a kalite fwi sila a, sa jèn fi rele «pwa» lè yo ri poukont yo an. O, Romeo, si sèlman li te sa, O, si l te sèlman yon elatriye ouvè,[10] ou menm yon pwa[11] ki leve monte! Romeo, bòn nuit. M pral nan kabannwoulant mwen. Kabann-an-plen-chan sa a twò frèt pou mwen pou m dòmi. Vini, nou prale?

Bennvolyo: Konsa, ale, paske se anven pou n chache la a yon moun ki pa vle moun jwenn li.

(Li soti ak Mèkyouchio.)

Sèn II

Nan chan ka Kapilèt

Romeo antre

Romeo: L ap pase sikatris nan rizib, li menm, ki pa janm resevwa yon blese.[12]

(Jilyèt antre, li parèt nan yon fenèt pa anwo.)

Men, dousman! Ki limyè sa a k ap jayi nan fenèt laba la a? La a se a lès, e Jilyèt se solèy la! Leve, bèl solèy, epi tiye lalin[13] ki jalouz la, ki deja malad e ki blèm avèk lapenn dèske oumenm, ki sèvant[14] li, bèl pi plis anpil pase li. Se pa pou sèvant li puiske l jalouz. Rad vyèj li a blèm e li vèt, e pèsonn sòf enbesil sèlman mete li. Voye l jete! Se dam mwen an: O, se amou mwen an! O, si sèlman li te kab konnen se sa l ye! L ap pale, sepandan li p ap di anyen. Sa sa vle di? Zye l ap bay yon diskou; m ap reponn li. Mwen twò doubout; se pa ak mwen l ap pale. De nan pi bèl etwal nan tout syèl la, kòm yo gen kèk zafè kèk kote, y ap sipliye zye l pou yo klere nan òbit yo jis yo retounen. Sa k t ap pase si zye l yo te la a, yo te nan tèt li? Klate briyan ki nan bò figi l t ap fè zetwal yo wont menm jan klate lajounen fè ak yon lanp; zye li nan syèl la t a devèsè yon tèl klate atravè rejyon nan lè a, zwazo t a chante epi panse li pa t nan nuit. Ou wè jan li apiye bò figi l sou men li! O si sèlman m te yon gan nan men sa a! Si m te ka touche bò figi sa a!

Jilyèt: O, Elas!

Romeo: L ap pale. O, pale ankò, anj klere! Paske ou osi eklatan pou nuit sa a ki sou tèt mwen an tankou yon mesaje ak zèl ki nan syèl la lè blan zye mòtèl tounen anwo, ap vire pasi pala, pou yo gade li lè l monte a cheval sou nyaj yo k ap pase avèk parès epi k ap voge sou pwatray lè a.

Jilyèt: O, Romeo, Romeo! Pou kisa ou se Romeo? Nye papa ou epi refize non ou; oswa, si ou pa vle, jire sèlman ou se amou mwen, epi m p ap yon Kapilèt ankò.

Romeo *(apa)*: Èske fò m koute plis, oswa, èske m dwe pale koulye la a?

Jilyèt: Se non ou sèlman ki enmi m. Ou se ou menm, konsa pa yon Montegyou. Kisa yon Montegyou ye? Se pa ni men, ni pye, ni bra, ni figi, ni nenpòt lòt pati ki fè apatenans a yon nonm. O, pote yon lòt non! Kisa k genyen nan yon non? Bagay nou rele yon woz la, si l te gen nenpòt lòt non, li t ap gen menm bèl sant lan. Konsa, Romeo t a, si l pa t rele Romeo, konsève menm bèl pèfeksyon li posede yo san tit la. Romeo, renonse non ou; e, nan plas non sa a ki pa fè pati de ou a, pran tout mwen.

Romeo: M pran ou dapre pawòl ou. Rele m amou sèlman, e m va batize a nouvo; apati de jodi a m p ap janm Romeo ankò.

Jilyèt: Kilès gason ou ye, ki, kache dèyè nannuit la, vin tonbe konsa sou sekrè m nan?

Romeo: Pou anplwaye yon non, m pa konn kijan pou m di ou kiyès mwen ye. Non mwen, chè sent, se yon bagay mwen rayi, paske li se yon enmi pou ou. Si m te ekri li, m t ap dechire mo a.

Jilyèt: Zòrèy mwen poko bwè san mo ki soti nan lang ou, malgre sa mwen konnen son an deja. Èske ou pa Romeo, e yon Montegyou?

Romeo: Ni youn ni lòt, bèl jèn fi, si ni youn ni lòt pa fè w plezi.

Jilyèt: Kijan ou vin la a, di mwen, epi pou kisa? Miray jaden yo wo e yo difisil pou grenpe; e andwa a youn ki se lanmò ou, konsidere ki moun ou ye, si okenn moun nan fanmi m yo jwenn ou la a.

Romeo: Se avèk zèl leje lanmou mwen grenpe sou tèt mi yo; paske limit an wòch pa ka bare lanmou, e sa lanmou kapab fè, lanmou oze tante li. Konsa fanmi ou yo pa yon baryè pou mwen.

Jilyèt: Si yo wè ou, y ap tiye w.

Romeo: Elas, gen plis danje nan zye ou pase nan ven epe pa yo! Si ou ban m yon rega dous, m ap alabri kont rayisman yo.

Jilyèt: M pa ta renmen yo wè ou la a pou lemonn antye.

Romeo: M gen manto nannuit la pou kache m anba zye yo. E si ou pa renmen m, yo mèt jwenn mwen la a. Li ta preferab pou lavi m fini akoz rayisman yo olye de yon lanmò ranvwaye akoz mwen manke lanmou ou.

Jilyèt: Ki moun ki ba ou direksyon pou rive jwenn la a?

Romeo: Lanmou; se limenm an premye ki pouse m chache li. Li prete m gid li, e mwen prete l zye m. M pa yon kondiktè, men, si ou te a yon distans lwen tankou yon plaj lanmè ki pi lwen an lave, mwen t a riske al pou-suiv yon tèl machandiz.

Jilyèt: Ou konnen mas lannuit la sou figi m; sinon yon koulè wouj vyèj ta pentire bò figi m akoz de sa ou tande m di aswè a. A, mwen ta vle rete nan fòmalite ki konve-nab—vle, vle, nye sa m di yo, men orevwa dekowòm! Èske ou renmen mwen? M konnen ou va di «wi»; e m va kwè pawòl ou a. Menm si ou jire, ou kapab tounen fo. Yo di manti anmoure fè Jòv[15] ri. O, Romeo, moun janti, si ou damou di li avèk fidelite. Oswa si ou panse ou gaye m twò fasilman, m va fonse sousi m, e m va fè pès, epi di ou non, konsa pou sa liyen m; sinon, pa pou lemonn. Men, laverite, Montegyou bèl gason, sèke mwen twò dispoze; donk konsa ou mèt panse konduit mwen twò leje; men, fè m konfyans, jenòm lasosyete, m a montre m pi fidèl pase lòt ki gen plis malis pou yo montre yo pi rezève. M te dwe pi rezève, m oblije avwe l, men ou te gen tan tande vrè pasyon lanmou mwen anvan m te reyalize l. Donk padone mwen, e pa atribye sede mwen sa a a yon lanmou leje lannuit pwès la revele.

Romeo: Dam, sou lalin beni sila a, ki fè tout tèt pyebwa ki plen fwi sila yo gen koule ajan an, mwen jire—

Jilyèt: O, pa jire sou lalin nan, lalin sa a ki pa estab la, ki chanje chak mwa nan sèk glòb li an, nan krentif pou lanmou ou pa vin varye menm jan an.

Romeo: Sou kisa pou m jire?

Jilyèt: Pa jire ditou; oswa si ou vle, jire sou oumenm ki plen gras la, ki se dye idolatri mwen an, e m va kwè ou.

Romeo: Si lanmou pwofon kè mwen an—

Jilyèt: Enben, pa jire. Kwak m rejwi nan ou, m pa gen lajwa nan kontra[16] sa a aswè a. Li twò alahat, twò san konsiderasyon, twò rapid; li twò sanble ak zèklè ki sispann egziste anvan menm yon moun kapab di «L ap fè zèklè.» Bonswa, chè! Boujon lanmou sila a, lè souf ete a fè l mi, kapab vin tounen yon bèl flè pwochèn fwa nou rankontre. Bonswa, bonswa! Se pou yon kalm ak yon repo dous vini nan kè ou menm jan ak sa k nan sen m nan!

Romeo: O, èske ou ap kite m san satisfaksyon konsa?

Jilyèt: Ki satisfaksyon ou kapab genyen aswè a?

Romeo: Echanj ve fidèl lanmou pa ou pou pa mwen.

Jilyèt: M te ba ou pa m anvan ou te mande li; epoutan m t a renmen pou m te ka bay li ankò.

Romeo: Ou ta vle retire l? Amou, pou ki rezon?

Jilyèt: Ryen k pou sa jenere e pou m ba ou li ankò. E sepandan mwen swete sèlman pou yon bagay mwen genyen. Jenewozite m san limit otank lanmè; lanmou mwen pwofon otan, plis mwen ba ou, se plis mwen genyen, paske toulède enfini. M tande yon bri anndan an. Orevwa, chè amou!

(Enfimyè nouris la rele alenteryè.)

Tousuit, chè Enfimyè! Chè Montegyou, se pou lwayal. Rete yon moman, m ap retounen ankò.

(Li soti.)

Romeo: O, beni, nuit beni! Mwen pè, kòm li nan nuit, pou tout bagay sa yo se pa yon rèv yo ye sèlman, yon ladousè ki gen twòp flatri pou li reyèl.

(Jilyèt parèt anlè a.)

Jilyèt: Twa mo ankò, Chè Romeo, epi bòn nuit tout bon vre. Si panchan lanmou ou sa a onorab, bi ou se maryaj li ye, voye di m demen, pa entèmedyè de moun m ap voye ba ou a, kikote ak a kilè w ap akonpli sakreman an. Epi m ap mete tout fòtin mwen atè nan pye ou, epi suiv ou toupatou nan monn lan, chèf mwen.

Enfimyè nouris la *(Alenteryè)*: Madam!

Jilyèt: M ap vin tousuit.—Men si ou pa gen bon entansyon, mwen priye ou—

Enfimyè nouris la *(Alenteryè)*: Madam!

Jilyèt: M ap vin toutalè—pou kite pousuit ou an epi kite m ak doulè m nan. M ap voye kote ou demen.

Romeo: Se pou nanm mwen sove—

Jilyèt: Bòn nuit mil fwa!

(Li soti.)

Romeo: L ap vin pi mal mil fwa paske li manke limyè ou! Lanmou ale nan direksyon lanmou tankou tigason ki lekòl elwaye de direksyon liv yo. Men lanmou elwaye de lanmou avèk rega akable pou y al nan direksyon lekòl.

(Jilyèt antre parèt anwo a ankò.)

Jilyèt: Pst! Romeo, pst! O, si m te genyen vwa yon foko-nye[17] pou m rele tyèselè janti sa a liyen l tounen! Men kapti gen vwa anwe e li pa ka pale fò, sinon, m ta sekwe gwòt kote Eko[18] rete a, epi fè lang ki plen è li a pi anwe pase pa m nan, repete «Romeo m nan!»

Romeo: Se nanm mwen k ap rele non m. Ala vwa anmoure gen son dous plen ajan nan nuit, tankou mizik ki pi soup pou zòrèy k ap fè atansyon.

Jilyèt: Romeo!

Romeo: Doudous?

Jilyèt: Demen a kilè pou m voye kote w?

Romeo: A nevè.

Jilyèt: M p ap manke. Sa ap pran ventan anvan lè a rive. M bliye pou kisa m rele ou pou retounen.

Romeo: Kite m kanpe la a jistan ou sonje li.

Jilyèt: M va bliye, pou sa ret kanpe la toujou, pou m sonje jan m renmen konpayi ou.

Romeo: E m va rete ankò, pou sa bliye ankò, pou m bliye okenn lòt kay sòf sila a.

Jilyèt: Li prèske maten. M t a renmen ou ale—men, pa pli lwen poutan pase yon zwazo yon timoun gate kite sote yon ti kras sot nan men l, tankou yon pòv prizonye nan chenn li makònen, epi li rale l avèk fil swa l ankò, paske li gen yon jalouzi anmoure de libète li.

Romeo: M ta renmen m te zwazo ou.

Jilyèt: Doudous, mwen menm tou. Men, m t a tiye ou anba anpil tandrès. Bòn nuit, bòn nuit! Youn di lòt orevwa se yon tristès ki si dous m va di bòn nuit jiskaske l maten.

(Li soti.)

Romeo: Se pou dòmi rete nan zye ou, lapè nan sen ou! M swete m te somèy ak lapè, repo a t a si dous! M ap soti la a pou m ale nan ofis papa espirityèl mwen, pou m sipliye l pou èd li epi pou m rakonte l bèl bonè mwen an.

(Li soti.)

Sèn III

Frè Loran antre poukont li, avèk yon panye

Frè Loran: Maten ak zye gri a ap souri sou nuit ak sousi fonse a, l ap kawote nyaj ki a lès yo avèk limyè an bann; epi li takte fènwa a kouwè yon moun sou k ap vire de bò soti nan chemen lajounen devan wou Titan[19] ki an flam yo. Kounye a, anvan solèy la soulve zye l k ap brile a pou l aplodi lajounen an epi pou l seche lawoze imid nuit lan, fò m ranpli kaj an lozye nou sa a avèk raje malefik ak flè ki gen ji presye. Tè a, ki se manman Lanati li ye a, se tonm li. Sa ki kav li, kote yo antere a, se matris li; e nan matris li, nou jwenn divès kalite timoun k ap souse sen natirèl li. Pou anpil, anpil kalite ekselan; men pou kèk, anyen, e kanmèm tout diferan. O, gras puisan ki kouche nan plant, fèy, wòch, avèk vrè kalite yo, li gran. Pa gen anyen san valè ki viv sou latè a ki pa bay latè a yon bagay espesyal ki bon. Nonplis tou anyen ki tèlman bon, ki, detounen nan bon izaj li, pa revòlte nan vrè bi egzistans li, e tonbe nan koripsyon. Vèti, li menm, tounen vis, lè li pa byen aplike. E vis, pafwa akoz de aksyon li, li pran valè.

(Romeo antre.)

Nan po wòwòt flè fèb sa a pwazon fè kay li, e medikaman fò; pou sa a, nan santi li, odè li refè chak pati nan kò a; goute li, li koupe tout sans ki nan kè a. De kalite wa opoze sa yo monte kan yo nan yo tout tan, nan lòm tank nan fèy—bonte ak move kalite; e kote sa ki pi mal la pi fò, tousuit vè lanmò a manje plant lan.

Romeo: Bonjou, Pè.

Frè Loran: Benediksyon! Ki lang granmmaten sa a k ap salye m avèk ladousè konsa a? Jèn pitit gason, sa fè panse a yon tèt ki twouble ki pou di kabann ni bonjou byen vit konsa. Enkyetid monte vèy li nan zye tout tonton, e kote enkyetid loje, dòmi p ap janm kouche la. Men, kote lajenès ki pa blese, ki gen sèvo l san pwoblèm, mete manm li yo kouche, la somèy dore reye. Konsa, jan ou matinal la asire mwen kèk twoub k ap ba w preyokipasyon leve ou. Ou si se pa sa, mwen met men sou verite a konsa— Romeo nou an pa t monte kabann li aswè a.

Romeo: Sa ou di an dènye a se laverite—repo ki pi dous se li m te genyen.

Frè Loran: Bondye padone peche! Èske ou te avèk Wozlin?

Romeo: Avèk Wozlin, Monpè espirityèl? Non. Mwen bliye non sa a, e non sa a li se malè.

Frè Loran: Se sa, bon pitit gason mwen! Men ki kote ou te ye menm, alò?

Romeo: M ap di ou li anvan ou mande m li ankò. M t ap fete ak enmi mwen, kote toudenkou yon moun blese m ki mwenmenm mwen blese. Remèd nou toulède rete nan èd ak nan kapasite lamedsin sakre ou. M pa kenbe okenn rayisman, òm beni, paske, gade, rekèt mwen an benefisye enmi m tou.

Frè Loran: Pale klè, bon pitit gason, e bay esplikasyon an senp. Konfesyon an devinèt jwenn ak absolisyon an devinèt.

Romeo: Konsa, konnen aklè, chè lanmou kè mwen detèminen pou bèl pitit fi Kapilèt, nonm rich la; jan pa m nan ye pou li a, konsa tou pa l la detèminen pou pa m, e tout bagay ann amoni, eksepte ou gen pou ini nou nan sen sakreman maryaj. Kilè, kikote, ak kijan nou rankontre, nou renmen, nou fè echanj ve, m a di ou pandan n ap mache. Men, sa m priye, sèke ou konsanti pou marye nou jodi a.

Frè Loran: Sakre Sen Franswa! Ki kalite chanjman ki la a! Èske ou gen tan renonse Wozlin ou te renmen tèlman an? Konsa lanmou jèn gason pa repoze vrèman nan kè yo, men nan zye yo. Jezi Mari! Ala yon pakèt dlo nan je ki lave bò figi blèm ou an pou Wozlin! Ala yon pakèt dlo sèl ki voye jete nan gaspiyay pou asezonnen yon lanmou ki pa menm kite yon gou dèyè ladan l! Solèy la poko pouse soupi ou yo ale sot nan syèl la; ansyen jemisman ou yo ap sonnen toujou nan vye zorèy mwen yo. Gade, la a nan bò figi ou, tach yon ansyen gout dlo je ki poko lave soti, chita toujou. Si ou te ou menm toujou, epi doulè sila yo te pa ou, ou menm ak doulè yo, tout t a pou Wozlin. Epi èske ou chanje? Pwononse fraz sa a alò: Fi kapab tonbe lè pa gen okenn fòs nan gason.

Romeo: Ou te repwoche m souvan dèske m te renmen Wozlin.

Frè Loran: Pa pou renmen non, pou adore, elèv mwen.

Romeo: E ou te di m antere lanmou.

Frè Loran: Pa pou ou antere youn nan yon kavo pou met yon lòt deyò.

Romeo: Tanpri, pa reprimande m. Sila a mwen renmen kounye a, aksepte mwen favè pou favè, amou pou amou. Lòt la pa t fè sa.

Frè Loran: O, li te konnen byen lanmou w lan te konn li pa kè, men l pa t kapab eple. Men, vini non, jèn vire de bò, vin ak mwen. Pou yon rezon m va asistan ou; paske alyans sa a kapab vin rezon favorab ki fè rankè fanmi n yo tounen lanmou pi.

Romeo: O, ann ale! Gen ijans pou n depeche n imedyatman.

Frè Loran: Avèk sajès epi lantman. Sa ki kouri vit yo trebiche.

(Yo soti.)

Sèn IV

Bennvolyo ak Mèkyouchio antre

Mèkyouchio: Dyab! Ki kote Romeo sa a dwe ye? Èske l pa t vin lakay li aswè a?

Bennvolyo: Pa lakay papa l. M te pale ak valè[20] li an.

Mèkyouchio: A, menm tifi blèm, kè di, Wozlin sa a, toumante l tèlman li va vin fou vrèmanvre.

Bennvolyo: Tibo, fanmi Tonton Kapilèt la, voye yon lèt lakay papa l.

Mèkyouchio: Yon defi; m jire sou vi mwen.

Bennvolyo: Romeo va reponn li.

Mèkyouchio: Nenpòt gason ki kab ekri kapab reponn yon lèt.

Bennvolyo: Non, li va reponn mèt lèt la, montre jan l oze lè moun ba l defi.

Mèkyouchio: Elas, pòv Romeo, li deja mouri! Pwayade ak zye nwa yon demwazèl blanch; pèse nan zòrèy ak yon chanson lanmou; nannan kè l nèt atenn ak flèch tigason ak banza a; e li se gason ki pou koresponn ak Tibo a?

Bennvolyo: Kisa Tibo ye konsa a?

Mèkyouchio: Plis pase Prens Chat, m gen dwa di ou sa. O, li se kapitèn kouraje koutwazi. Li batay tankou ou chante yon chanson—li bat mezi, mentni distans ak pwopòsyon; li poze sou ti nòt, en, de, epi twazyèm nan, nan pwatray ou! Li se yon bouche nèt sou yon bouton an swa, li se yon espè nan dyèl[21], yon espè nan dyèl! Yon jantiyòm ki fòme nan meyè lekòl, ki antre nan konba pou premye oswa dezyèm rezon an (daprè kòd donè a). A, pas imòtèl la! Pas ranvèse a! Touche!

Bennvolyo: Kisa ou di?

Mèkyouchio: Ale makakri sa yo laprit, pale sou lang, pran pòz biza—nouvo aksan ki fèk parèt! «Jezi! Yon trè bon lam! Yon nonm ki trè brav! Yon piten ki trè bon!» Poukisa, granpè, pou nou oblije aflije konsa avèk moustik etranje sa yo, moun alamòd k ap pousuiv moun sa yo, pakèt «Eskize mwen» sa yo, ki tèlman yo kanpe pou yo pouse nouvo fòm yo, yo pa kab chita alèz sou ansyen ban yo! Lanmyann pou «bon» jou yo, «bon» swa yo!

(Romeo antre.)

Bennvolyo: Men Romeo ap vini! Men Romeo ap vini!

Mèkyouchio: San «Ro»[22] li, tankou yon aransò sèch. O, lachè, lachè, gade jan ou vin feminen[23]! Kounye a ban nou kèlke vè nan sa Petrak[24] te konn devèse yo. Konpare ak dam ou an, Laura te yon kuizinyè, (byenke li te gen yon meyè anmoure pou fè vè rime pou li), Dido[25] te yon makwali, Kleyopat[26], yon jitàn, Elèn[27] ak Ewo[28], voryen ak piten. Tisbe[29] yon moun ak zye gri, men ki pa vo lapenn. Sinyò Romeo, *bonjour*! Yon salitasyon fransè pou pantalon fransè ou lan. Konsa yèoswa ou twonpe nou byen.

Romeo: Nou toulède, bonjou. Nan kisa m te twonpe nou an?

Mèkyouchio: Demakay, Mesye, demakay. Ou pa konprann?

Romeo: Eskize m, Mèkyouchio, bon moun mwen. M te gen yon afè ijan; e, nan yon ka kouwè pa m nan, yon nonm gen dwa pouse do lapolitès.

Romeo ak Jilyet

Mèkyouchio: Se kòm si ou ta di, yon ka tankou pa ou la, oblije yon nonm pou li koube kuis li.

Romeo: Sa vle di pou l fè jenifleksyon.

Mèkyouchio: Ou touche bagay la menm.

Romeo: Se esplikasyon ki gen plis koutwazi a.

Mèkyouchio: Konnen mwen se woz[30] koutwazi a menm.

Romeo: Woz pou flè.

Mèkyouchio: Egzakteman.

Romeo: Enben, soulye m nan gen anpil flè sou li.

Mèkyouchio: Dakò. Pwolonje plezantri a jis soulye ou la chire, dekwa pou lè menm semèl la dechire, plezantri a va rete, se sa ki va remakab la.

Romeo: O, yon plezantri vanipye, ki remakab sèlman pou feblès li!

Mèkyouchio: Vin separe nou, bon Bennvolyo! Entelijans mwen ap fayi.

Romeo: Fwèt[31] ak zepon, fwèt ak zepon! Oswa m ap rele laviktwa.

Mèkyouchio: Non, si entelijans nou an ap kouri fè yon kous zwa[32] sovaj, m pa ladan; paske gen plis zwa sovaj nan entelijans yon sèl nan nou pase nan tout senk pa m yo; mwen sèten nan sa. Èske mwen avèk nou pou sa m di de zwa a?

Romeo: Ou pa t janm avèk mwen pou anyen lè ou pa t la pou zwa a.

Mèkyouchio: M ap mòde zòrèy ou pou plezantri sa a.

Romeo: Non, bon zwa pa mòde.

Mèkyouchio: Lespri ou se yon pòm ki trè si; se yon sòs pike.

Romeo: Konsa, èske li pa byen pou l sèvi ak yon zwa ki dous?

Mèkyouchio: O, men yon lespri kabrit, ki pran anplè soti nan etwat yon pous, rive nan laj depase san santimèt.

Romeo: Mwen rale l soti pou mo «laj» la, ki, lè ou mete l sou zwa a, montre ou se yon zwa laj yo konnen toupatou.

Mèkyouchio: Bon, èske li pa mye konsa, olye pou ap jemi pou lanmou? Kounye a ou sosyab, kounye a ou se Romeo; kounye a ou se sa ou ye a, nan menm jan nan a ak nan nati. Paske lanmou k ap bave sa a tankou yon gwo idyo, k ap kouri monte desann, ap tire lang li, ap chache yon twou kote pou l foure baton l kache.

Bennvolyo: Rete la, rete la!

Mèkyouchio: Ou dezire pou rete istwa m nan kont enklinasyon mwen?

Bennvolyo: Si se pa sa ou t ap fè istwa w la laj.

Mèkyouchio: O, ou twonpe ou! M ta fè l kout; paske m te rive nan tout pwofondè istwa m nan, e m pa t vle pousuiv sijè a pi lontan.

Romeo: Men yon bèl sijè pou fè komik!

(Enfimyè nouris la antre avèk sèvitè li, Pyè.)

Mèkyouchio: Yon vwal, yon vwal!

Bennvolyo: De, de! Yon chemiz, ak yon karako.

Enfimyè nouris la: Pyè!

Pyè: Tou suit.

Enfimyè nouris la: Pyè, evantay mwen.

Mèkyouchio: Pou bouche figi l, Bon Pyè; paske evantay la se li k pi bèl pami yo de a.

Enfimyè nouris la: Bondye ban nou yon bon jou, Mèsye Lasosyete.

Mèkyouchio: Bondye ba nou yon bon apremidi, bèl Dam Lasosyete.

Enfimyè nouris la: Èske li apremidi?

Mèkyouchio: Li pa mwens, mwen di ou, paske men endesan kadran an kanpe sou zepon midi a.

Enfimyè nouris la: Sispann la a! Kikalite nonm ou ye la a?

Romeo: Dam Lasosyete, youn Bondye kreye pou aflije tèt li.

Enfimyè nouris la: An verite, ou byen pale. «Pou aflije tèt li,» li di? Mèsye, èske nou kapab di m kote m kab jwenn ak jèn Romeo?

Romeo: M kapab di w; men, jèn Romeo va pi aje lè ou jwenn li pase lè w t ap chache l la. Mwen se moun ki pi jèn ki pote non sa a, pou mank de youn ki pi mal.

Enfimyè nouris la: Ou pale byen.

Mèkyouchio: Wi, se sa k pi mal li twouve ki byen? Li konprann li trè byen, anverite! Avèk sajès, avèk sajès.

Enfimyè nouris la: Si ou se li menm, Mesye, mwen bezwen yon konfidans avèk ou.

Bennvolyo: Li pral *endite*[33] l nan kèk soupe.

Mèkyouchio: Yon piten, yon piten, yon piten! Men youn!

Romeo: Kisa ou jwenn?

Mèkyouchio: Pa yon lyèv[34], Mesye; sòf si yon lyèv, Mesye, nan yon pate karèm,[35] sa vle di yon bagay rasi ak mwazi anvan menm li manje.

(Li mache akote yo; li chante.)

Yon vye lyèv mwazi,
Ak yon vye lyèv mwazi,
Se yon trè bon vyann pandan Karèm,
Men yon lyèv ki mwazi
Li twòp pou yo pran
Lè li mwazi anvan li manje.

Romeo, èske ou ka vin ka papa ou? Nou va manje la.

Romeo: M va suiv nou.

Mèkyouchio: Orevwa, ansyen dam. Orevwa, *(li chante)*, madanm, madanm, madanm.

(Mèkyouchio ak Bennvolyo soti.)

Enfimyè nouris la: Tanpri, Mesye, kikalite mouche radi sa a ki te devèse tout bagay vilgè sa yo?

Romeo: Yon jantiyòm, Enfimyè, ki renmen tande tèt li pale, ki va di plis bagay nan yon minit pase sa l t a ka koute nan yon mwa.

Enfimyè nouris la: Si l pale anyen kont mwen, m ap mete l atè, menmsi l te pi kosto pase jan l ye a tankou ven salopri menm espès yo; si m pa kapab, m ap jwenn moun ki kapab. Salopri sanzave! M pa youn nan chanbrèy li yo k ap fè jedou. M pa youn nan awousa ak kouto li yo. E fò ou kanpe tou, ou aksepte pou tout salopri pran plezi yo ap malmennen mwen!

Pyè: M pa t wè okenn gason ki pran plezi ap malmennen ou. Si m te wè sa, zam mwen ta soti byen vit, sa a mwen garanti ou. Mwen oze rale met deyò osi vit menm jan ak yon lòt moun, si m jwenn okazyon an nan yon bon joure, epi lalwa nan kan mwen.

Enfimyè nouris la: Kounye a, devan Bondye, m tèlman vekse tout kote nan kò m ap tranble. Salopri sanzave! Tanpri, Mesye, yon mo; e, kòm mwen te di ou, jèn tidam mwen an, mande m pou m al chache jwenn ak ou. Sa l di m di, m va kenbe l pou tèt mwen; men, kite m di ou premyèman, si ou t ap mennen l, kòm yo di, nan move chemen, se ta yon trè move konpòtman, tankou yo di, paske demwazèl la jèn; konsa si ou aji ak li nan woule l de bò, vrèman, se ta yon bagay dezonorab pou ofri okenn demwazèl; se ta aji san diyite.

Romeo: Enfimyè, rekòmande m bay dam ak mètrès ou an. Mwen jire ou—

Enfimyè nouris la: Yon bon kè, e, ak lafwa m va di l sa. Seyè! Seyè! Li pral vin yon dam kèkontan.

Romeo: Kisa ou pral di l, Enfimyè? Ou pa p koute m.

Enfimyè nouris la: M va di l, Mesye, ou jire, kòm mwen wè li, ki se aksyon yon jenòm lasosyete.

Romeo: Mande l pou l envante kèk mwayen pou l al konfese apremidi a; e la, nan ofis Frè Loran an, l ap konfese e l ap marye. Pou lapenn ou, men.

Enfimyè nouris la: Non, vrèman, Mesye pa yon peni.[36]

Romeo: Annavan! Mwen di wi.

Enfimyè nouris la: Apremidi a, Mesye? Bon, l ap la.

Romeo: Epi, Bon Enfimyè, rete dèyè mi Abe[37] a. Nan inè, valè mwen an va jwenn ak ou epi l a pote yon nechèl fèt ak kòd ba ou; se sa ki va mwayen k pou mennen m sou tèt ma bonè mwen nan lannuit sekrè a. Orevwa. Se pou lwayal, e m va rekonpanse ou pou lapenn ou. Orevwa. Rekòmande m bay mètrès ou.

Enfimyè nouris la: Kounye a, se pou Bondye nan syèl la beni ou! Koute, Mesye.

Romeo: Kisa w ap di, chè Enfimyè mwen?

Enfimyè nouris la: Èske valè ou la se moun konfyans? Èske ou pa t janm tande yo di: De kapab kenbe yon sekrè, lè youn ladan yo pa fè pati nan de a.

Romeo: M garanti ou, valè mwen an bon kouwè lasye.

Enfimyè nouris la: Enben, Mesye, metrès mwen an se yon tidam ki trè dous. Seyè! Seyè! Lè l te yon timoun ki potko konn pale, O, te gen yon jenòm nòb nan vil la, yon moun yo rele Paris, ki te vle dekoupe yon plas pou tèt li aletranje, men, limen, ti moun bon nanm, li te pito wè yon krapo, yon vrè krapo, olye l ta wè li. Gen de lè, m fè l fache, e m di l Paris se moun ki konvenab pou li a. Men, mwen garanti ou, lè m di sa, li vin pal menm jan ak okenn twal nan monn inivèsèl la. Èske Romaren ak Romeo toulède pa kòmanse ak menm lèt la?

Romeo: Wi, Enfimyè, kisa sa fè? Toulède avèk R[38]

Enfimyè nouris la: A, w ap moke! Se non yon chen.[39] R se pou—Non; m konnen li kòmanse ak yon lòt lèt, epi li gen pi bèl fraz li fè ak ou e ak romaren, sa ta fè ou dibyen pou tande yo.

Romeo: Rekòmande m bay dam ou an.

Enfimyè nouris la: Wi, mil fwa *(Romeo soti.)* Pyè!

Pyè: Tousuit.

Enfimyè nouris la: [Pyè, pran evantay mwen, epi ale] ann avan, epi mache vit.

(Yo soti.)

Sèn V

Jaden Kapilèt yo

Jilyèt antre

Jilyèt: Revèy la te sonnen nevè lè m te voye Enfimyè a: li te pwomèt pou l retounen nan demiyè. Petèt li pa ka jwenn li. Se pa sa. O, li bwate! Mesaj lanmou te dwe se panse pou yo te ye, ki glise di fwa pi vit pase reyon solèy, ki pouse lonbray retounen sou mòn ki gen tenèb. Se konsa toutrèl ak zèl ajil trennen lanmou; konsa tou Kipidon gen zèl rapid. Kounye a solèy la sou tèt mòn ki pi wo a nan pakou jounen li, e, de nevè al midi gen twa zè long; e li poko vini toujou. Si l te gen afeksyon ak san cho lajenès, li t a rapid nan mouvman li tankou yon boul. Mo m yo ta lanse l vit al jwenn cheri m nan, ki t ap retounen yo ban mwen. Men vye granmoun, ou ta pran anpil nan yo pou moun mouri—jenan, lant, lou epi blèm tankou plon.

(Enfimyè nouris la antre avèk Pyè.)

O, Bondye, men l ap vini! O, Enfimyè cheri, ki nouvèl? Ou jwenn li? Voye sèvitè w la ale.

Enfimyè nouris la: Pyè, ret nan baryè a.

(Pyè soti.)

Jilyèt: Kounye a, bon Enfimyè cheri—O, Seyè, poukisa ou parèt tris konsa a? Menm si nouvèl yo kapab tris, kanmèm di yo avèk lajwa. Si yo bon, ou fè mizik nouvèl dous la wont lè ou jwe li pou mwen avèk yon figi ki tèlman si.

Enfimyè nouris la: Mwen fatige, ban m yon ti tan. Wouy, ala zo m yo fè m mal! Ala yon sekous mwen pran!

Jilyèt: M ta pito ou te gen zo m yo, e m te gen nouvèl pa ou yo. Non, vini, tanpri, pale. Bon, bon Enfimyè, pale.

Enfimyè nouris la: Jezi, ala w prese! Ou pa kab rete yon ti moman? Ou pa wè m san souf?

Jilyèt: Kijan ou fè san souf lè ou gen souf pou di m ou san souf? Eskiz w ap mande pou bay delè a pi long pase istwa w ap mande eskiz pou bay delè a. Èske nouvèl ou a bon oswa move? Reponn sa a. Di nenpòt, e m va ret tann detay yo. Ban m satisfaksyon; èske l bon oswa move?

Enfimyè nouris la: Enben, ou fè yon chwa ki sòt; ou pa konn kijan pou chwazi yon gason. Romeo? Non, pa li menm. Kwak figi li mye pase pa nenpòt lòt gason, e janm li depase pa tout lòt gason, e pou yon men, ak yon pye, epi yon kò, kwak yo pa gen anpil pou di sou yo, kanmèm yo san konparezon. Li pa flè koutwazi, men, mwen garanti li, li dou tankou yon mouton. Al nan wout ou, jèn fi; sèvi Bondye. Kòman, èske ou manje lakay ou?

Jilyèt: Non, non. Men, m te konn tout bagay sa yo anvan. Kisa li di osijè de maryaj nou an? Kisa l di sou sa?

Enfimyè nouris la: Seyè, ala tèt mwen fè m mal! Ala yon tèt mwen genyen! Li bat tankou l t a tonbe an ven mòso. Epi, pou yon lòt kote, do mwen—Ay, do mwen, do mwen! Wonte pou kè ou pou voye w voye m al chache lanmò m nan voltije pasi pala a!

Jilyèt: Vrèman, m regrèt dèske ou pa byen. Enfimyè, dou-dous, doudous, doudous, di mwen, kisa amou m nan di?

Enfimyè nouris la: Amou ou lan di, tankou yon jenòm lasosyete ki onèt, youn ki gen koutwazi, epi ki janti, epi ki bèl, epi, m garanti li, ki gen bon konduit—Kote manman ou?

Jilyèt: Kote manman mwen? Enben, li anndan. Ki kote pou l ta ye? Ala yon repons dwòl ou bay! Amou ou lan di, tankou yon jenòm lasosyete onèt, «Kote manman ou?»

Enfimyè nouris la: O, Chè Nòtredam Bondye a! Se konsa ou fache! O non de Mari, m kwè w a resevwa chatiman ou. Èske se sa ki pansman pou zo m k ap fè m mal yo? Apati de jodi a voye mesaj ou yo poukont ou.

Jilyèt: Ala yon pale anpil! Annavan, kisa Romeo di?

Enfimyè nouris la: Èske ou gen pèmisyon pou al nan konfesyon jodi a?

Jilyèt: M genyen.

Enfimyè nouris la: Konsa kouri ale nan ofis Frè Loran; la genyen yon mari k ap ret tann pou fè ou tounen yon madanm. Kounye a san vagabonday la ap monte nan bò figi ou: Toutalè y ap vin wouj lè yo tande nenpòt nouvèl. Kouri legliz; mwen menm m ap fè yon lòt wout pou m al chache yon nechèl, youn anmoure ou la dwe grenpe pou rive nan nich yon zwazo lè li fènwa. M se esklav la, e m ap kraze kò m pou plezi ou; men ou va pote fado a byen vit aswè a. Ale; m pral dine; kouri w ale nan ofis la.

Jilyèt: Kouri vit al jwenn fòtin siprèm nan! Enfimyè onèt, orevwa.

(Yo soti.)

Sèn VI

Frè Loran antre avèk Romeo

Frè Loran: Se pou lesyèl souri sou aksyon sen sa a dekwa pou annaprè li pa repwoche nou avèk chagren!

Romeo: Amèn, amèn! Men, nenpòt chagren ki rive, li p ap ka balanse pou lekontrè bonè yon minit tou kout ban mwen nan prezans li. Fèmen men nou sèlman avèk pawòl sakre, apre sa lanmò, ki devore lanmou, mèt fè sa li oze fè—se ase pou m kapab di se pou mwen li ye.

Frè Loran: Jwa vyolan sa yo gen fen vyolan, e yo mouri nan triyonf yo tankou dife ak poud, ki, tout y ap bo, y ap deperi. Siwomyèl ki pi dous la vin degoutan nan pwòp bon gou li, epi nan gou a li detwi apeti a. Konsa, renmen avèk moderasyon: amou ki dirab la se sa li fè; sa k twò vit la rive an reta kòm si l te twò lant.

(Jilyèt antre.)

Men dam nan ap vini. O, yon pye si leje p ap janm ize dal[40] etènèl la. Yon anmoure gen dwa monte chita sou twal arenyen ki rete ap flote nan lè an ete yo, e kwak sa, yo pa tonbe; tèlman vanite leje.

Jilyèt: Bonswa pou konfesè espirityèl mwen an.

Frè Loran: Romeo, va remèsye ou, pitit fi mwen, pou nou toulède.

Jilyèt: M voye menm salitasyon an ba li, san sa, remèsiman li an ta san merit.

Romeo: A, Jilyèt, si mezi lajwa pa ou la te konble tankou pa m nan, e ou gen kapasite pou vante li, konsa adousi avèk souf ou lè sa a ki antoure nou an, epi kite mizik rich lang ou, esprime bonè ideyal nou resevwa nan yon rankont ki si chè youn a lòt.

Jilyèt: Santiman, ki pi rich nan reyalite li pase nan pawòl li, vante tèt li pou sibstans li, pa pou òneman li. Moun ki ka konte valè richès yo se mandyan yo ye sèlman; men, vrè amou mwen an grandi alekstrèm tèlman m pakab evalye mwatye richès mwen yo.

Frè Loran: Vini, vini avèk mwen, e n ap fè sa tousuit; paske sòf pou bon plezi nou, nou p ap rete poukont nou, pa anvan Legliz Sen an melanje de, fè yo tounen youn.

(Yo soti.)

Nòt pou Ak II

1. Bèl dam: Se Wozlin, jènfi Romeo te renmen anvan an.

2. Madichonnen: Efè lanmou Romeo a se tankou yon sòsyè te mete yon madichon sou li.

3. Amòs: Bagay moun met nan zen pou atire pwason lè y ap peche.

4. Tè lou: La a, Romeo ap refere a kò li, tankou latè a nan mouvman fizik li, ki tounen otou sant li, nan ka Romeo, otou Jilyèt.

5. Toutrèl: Ann anglè, "*dove*", rime avèk "*love*", mo anglè pou lanmou nan fraz sa a.

6. Abraham Kipidon: A pa de referans a Kipidon dye lanmou nan mitoloji women, Mèkyouchio kapab ap fè alizyon a Patriyach Biblik la, Abraham, ki te gen non l Bondye te chanje soti sou Abram, vin tounen Abraham, ki vle di «Papa yon miltitid.»

7. Wa Kopetya: Daprè lejann, *Cophetua*, te yon Wa Afriken. Yon jou, pandan l ap gade nan fenèt li, li wè yon jèn fi ki rele Penelophon, ki t ap soufri, ap mande lacharite. Wa a tonbe damou li menm lè a, e li deside l ap marye avè l, sinon l ap tiye tèt li.

8. Goril la: Tèm sa a ka gen referans a yon tinon afeksyon pou Romeo; oswa li ka gen referans tou a yon bèt nan epòk la yo te antrene pou l pran pòz mouri li, epi lè yo di yon sèten mo, li leve.

9. Leve l: La a, Shakespeare ap fè yon jwèt ak mo kote Mèkyouchio ap fè referans a bagay chanèl. Konvèsasyon an kontinye ak menm ton an nan plizyè pawòl li di apre sa tou.

10. Elatriye ouvè: Yon referans a ògàn seksyèl feminen an.

11. Pwa: «*Poire*» an fransè, "*pear*" ann anglè, yon referans vilgè a ògàn seksyèl maskilen an.

12. Blese: Romeo ap refere a pawòl li tande Mèkyouchio di yo; li panse Mèkyouchio pa konprann soufrans li.

13. Lalin: La a, lalin nan se yon referans a *Dyàn* (deyès lalin nan mitoloji women, ki sanse jalouz paske Jilyèt pi bèl pase l).

14. Sèvant: Tout jènfi vyèj sanse te sèvant Dyàn.

15. Jòv: Yon fòm non Jipitè, dye an chèf nan mitoloji women, ki ekivalan a *Zeus*, nan mitoloji grèk.

16. Kontra: Kontra a gen referans, daprè koutim epòk Elizabeten Shakespeare la, a yon kontra fiyansay moun fè lè yo fè ve yo.

17. Fokonye/fokon/tyèselè: Yon fokon se yon zwazo lachas, dòdinè, yon femèl, ki trè rapid. Mal la rele *tyèselè*. Kòmanse depi anvan Mwayennaj, fokonye—yon moun ki elve ak drese fokon—konn fè yo poze sou men yo, lage yo pou yo chase, epi rele yo apre pou yo retounen. Elvay ak dresay fokon rele *fokonnri*.

18. Eko: Nan mitoloji grèk, Eko *(Echo)* se yon Nenf *(Nymph*: yon ti deyès ki abite bèl kote nan lanati.). Istwa a di, apre li tonbe damou pou Nasis, epi Nasis rejte li, Eko kache nan yon gwòt kote li tèlman chagren, li deperi jistan se vwa l sèlman ki rete.

19. Titan: Nan mitoloji grèk, dye solèy; yo rele l *Heliyòs* tou. Li te sanse kondui charyo solèy la atravè syèl la chak jou.

20. Valè: Yon anplwaye, yon gason ki okipe rad, abiman, elatriye yon òm dòdinè ki nòb; li rann li sèvis pèsonèl.

21. Dyèl: Yon konba ki aranje davans ant de moun pou yo regle yon ofans oswa yon sitiyasyon baze sou yon kòd d onè. De moun yo detèminen ki zam y ap itilize. Dòdinè yo chak genyen yon asistan ki pou verifye règleman yo, e ki pou temwen yo. Dyèl te an vigè sitou ann Ewòp. Vè fen diznevyèm syèk, dyèl te kòmanse pa akseptab sosyalman ankò jis li vin òlalwa nan plizyè peyi. Kounye a dyèl pa an vigè.

22. Ro: Referans sa a kapab yon jwèt ak mo sou non Romeo pou montre jan li pa menm moun nan ankò; li pèdi «Ro» a, se «meo» a sèlman ki rete. Li kapab yon jwèt ak mo tou kote son «wo» a gen referans a ze pwason, ann anglè, "roe" (ki pwononse «wo» tou), ki fè Romeo vin sanble ak yon aransò sèch san zantray.

23. Feminen: Mo anglè ki anplwaye la a se «*fishified*» yon espresyon ansyen ki gen rapò a «pwason», ki ka vle di tou li tounen feminen.

24. Petrak: Francesco Petrarch te yon powèt italyen ki te viv nan katòzyèm syèk. Li selèb pou plizyè bagay; pami yo, yon seri powèm li te ekri pou Laura, petèt Laura de Noves, yon dam li te mentni lanmou l pou li pandan lontan.

25. Dido: Daprè mitoloji grèk ak women, Dido te fondatè vil Kataj (*Carthage*), e li te premye rèn li. Nan Aneyid (*Aeneid*) powèm epik Vijil (Virgil), powèt women an, Dido te tonbe damou pou Aneyas (Aeneas), yon ewo Twayen ki te chape destriksyon Twa. Lè Aeneas abandone li, Dido tiye tèt li.

26. Kleyopat: Rèn Ejip nan premye syèk, apre JK. Anprè women, Oktavian, te bat lame Kleyopat ak Mak Antwàn. Yo kaptire Kleyopat, ki te selèb pou bote li, e yo mennen l Wòm kòm prizonyè.

27. Elèn: Helen de Troie te lakoz lagè ant Grèk ak Twayen yo. Nan «Odise», powèm Omè, yon powèt grèk, ekri, li te marye avèk Menelaòs (Wa Spat, frè Agamemnon,) epi Paris, yon jèn Twayen ki tonbe damou pou li, vini, li kaptire li, mennen l Twa. Sa vin lakoz lagè.

28. Ewo: Nan mitoloji grèk, Ewo (Hero), te yon jènfi devwe a Afrodit (deyès lanmou). Lè yon jenòm, Liyandè (Leander) tonbe damou pou Ewo, li naje travèse sous dlo Hellespont

(jodi a Dardanelles), pou li vin jwenn Ewo. Alafen, Liyandè nwaye, epi lè Ewo wè kò a, li tiye tèt li.

29. Tisbe: Daprè mitoloji grèk ak women, Tisbe (Thisbe) te yon jèn fi, yon moun Babilòn, ki te tiye tèt li apre, Piramis (Pyramus), yon jenòm ki te renmen ak li, te komèt suisid. Ovid, powèt women, nan yon gwo powèm li ki rele «Metamòfoz», te rakonte istwa Tisbe ak Piramis, de moun paran yo, akoz rankin yo, te refize yo marye. Istwa Romeo ak Jilyèt la soti nan istwa sila a.

30. Woz: Gen yon jwèt ak mo ki pa twò klè k ap fèt la a avèk yon ansyen vèb anglè (*pinken*) ki vle di «pèfore ak yon pwent pou fè dekorasyon,» an menm tan ak mo «woz» ki se non yon flè, epi ak koulè woz la, ki tradui kòm *«pink»* ann anglè. Soulye Romeo sanble yo te dekore ak ti twou ki fòme desen flè «woz» sou yo. Flè koutwazi nan epòk Shakespeare la gen referans a lapolitès.

31. Fwèt ak zepon: Romeo ap di: Tankou yon cheval, bay lespri w oswa sèvo w kout fwèt ak kout zepon pou fè l mache; oswa m ap di mwen gaye.

32. Zwa: Yon zwazo, ki renmen dlo, ki sanble ak kana. *Dòdinè* se femèl la ki rele «zwa». Vyann ak fwa zwa (fwa gra) konsidere kòm yon chè ki rich. La a, *zwa* gen referans tou a yon «piten». Genyen yon *jwèt ak mo* sou bagay chanèl k ap fèt la a, e ki kontinye nan konvèsasyon ki suiv la tou.

33. Endite: La a, Bennvolyo ap pase enfimyè a nan betiz. Paske dam nan sot fè yon erè lè li di Romeo li bezwen yon «konfidans» ak li olye de yon «konferans», kounye a li antisipe dam lan pral di «endite» olye de «envite.»

34. Lyèv: Yon bèt ki kouwè yon gwo lapen, men avèk zòrèy li ak janm li yo ki pi long. Li gen repitasyon pou kouri vit. Lyèv se te yon mo vilgè pou yon *piten* tou.

35. Karèm: Yon peryòd de karant jou moun ki Katolik obzève. Li kòmanse depi mèkredi lèsann, rive jis Pak. Se yon peryòd penitans kote moun ki obzève l yo renonse a kèk bagay tankou: manje vyann.

36. Peni: Yon pyès monnen.

37. Abe: Yon monastè, yon kouvan, oswa yon legliz.

38. R: Nan tèks anglè Shakespeare la, lèt sa a se yon «R» pou Romeo ak pou rosemary, (womaren.)

39. Chen: Enfimyè a ap fè referans a son vwa yon chen fè.

40. Dal: Wòch yo pave lari.

Ak III

Sèn I

Yon plas piblik nan Vewòn

Mèkyouchio, Bennvolyo,
antre avèk kèk gason.

Bennvolyo: M priye ou, Bon Mèkyouchio, annou rantre. Lajounen an fè cho, Kapilèt yo deyò, e si nou rankontre ak yo nou p ap ka evite yon joure, paske nan jou chalè sa yo, san an fou ak eksitasyon.

Mèkyouchio: Ou tankou youn nan mesye sa yo, ki, depi l antre nan yon ba, li flanke m epe l sou tab la, li di: «Bondye fè pou m pa bezwen ou!» Epi, dèke dezyèm vè a fè travay li, li degennen zam li sou moun k ap sèvi a san pa gen rezon pou sa.

Bennvolyo: Èske m tankou youn nan mesye sa yo?

Mèkyouchio: Annavan, annavan, nan kòlè ou, tèt ou cho tankou nenpòt kèl moun ann Itali. Epi pèsonn pa anpòte l osi vit pou l an kòlè, e pèsonn pa an kòlè osi vit pou l anpòte l.

Bennvolyo: E se konsa?

Mèkyouchio: Wi, si te gen de moun konsa, byen vit nou pa t ap gen youn, paske youn t ap tiye lòt la. Oumenm! Ou ta joure ak yon nonm ki ta genyen yon pwal nan manton l anplis ou oswa youn an mwens. Ou t a joure ak yon moun poutèt li krake nwa, pou okenn lòt rezon, sinon paske ou genyen zye koulè nwa. Ki lòt zye, pase zye sa yo, ki pou ta dekouvri yon jouman nan sa? Tèt ou plen ak joure menm jan yon ze plen ak ti poul ladan l; e kwak sa, tèt ou bat tankou yon ze pouri, afòs ou joure. Ou te joure ak yon nonm akoz li touse nan lari a, paske li reveye chen ou, ki te kouche ap dòmi nan solèy la. Èske ou pa t tiraye ak yon tayè paske li te mete nouvo vès li an anvan Pak? Avèk yon lòt paske l te lase soulye nèf li ak riban ki vye? E malgre sa ou ta vle ban m leson pou m pa joure!

Bennvolyo: Si m te pare pou m joure tankou oumenm ou ye a, nenpòt nonm t a achte pwopriyete pèmanan lavi mwen s il te ka asire egzistans mwen pou inè eka.

Mèkyouchio: Pwopriyete pèmanan? O, enbesil!

(Tibo antre avèk lòt moun.)

Bennvolyo: M jire sou tèt mwen, men Kapilèt yo ap vini.

Mèkyouchio: M jire sou talon mwen, sa pa di m anyen.

Tibo: Suiv mwen de prè paske m pral pale ak yo. Mèsye, bonswa. Yon mo ak youn nan nou.

Mèkyouchio: Yon sèl mo sèlman ak youn nan nou? Mete l ak yon bagay fè l fè de: yon mo ak yon kou.

Tibo: Ou va jwenn mwen dispoze ase pou sa, Mesye, depi ou founi m okazyon an.

Mèkyouchio: Èske ou pa kab pran kèk okazyon san yo pa founi w li?

Tibo: Mèkyouchio, èske ou de konsè ak Romeo?

Mèkyouchio: De konsè? Sa w t a vle fè nou tounen la a, twoubadou? Si ou fè nou tounen twoubadou, pare pou tande dezakò sèlman. Men achè vyolon mwen; men sa k pral fè w danse. O non de san Seyè a, akòde!

Bennvolyo: N ap pale la a an piblik kote moun ye. Swa nou soti n ale nan yon kote an prive, swa n rezonnen sou dezagreman nou an ak san fwa, oswa nou separe. La a tout zye ap gade nou.

Mèkyouchio: Zye moun te fèt pou gade; epi kite yo gade. M p ap bouje pou plezi pèsonn, mwen menm.

(Romeo antre.)

Tibo: Enben, lapè akonpaye ou, men gason pa m nan ap vini.

Mèkyouchio: Se pou yo pann mwen, Mesye, si sila a se inifòm sèvitè w li mete. O non de Mari, ale sou teren dyèl la, li va suivan ou! Se nan sans sa a Majeste ou kapab rele l gason ou.

Tibo: Romeo, amou mwen gen pou ou pa ka founi m meyè tèm pase sa a: Ou se yon salopri.

Romeo: Tibo, rezon m genyen pou m renmen ou lan, eskize anpil laraj ki soulve akoz de yon salitasyon parèy. M pa yon salopri. Konsa, orevwa. M wè ou pa konnen mwen.

Tibo: Tigason, sa p ap eskize mal ou fè mwen. Konsa tounen epi rale zam ou.

Romeo: M pwoteste m pa janm fè ou anyen ki mal; men mwen renmen ou plis pase jan ou t a kapab devine, jis rive lè ou va konnen rezon pou amou mwen an. Konsa, Bon Kapilèt—yon non mwen konsidere osi chè pou mwen ke pa mwen—konsidere ou satisfè.

Mèkyouchio: O, kalm dezonorab, soumisyon endiy! *Alla stoccata*[1] triyonfe.

(Li rale epe l.)

Tibo, ou menm, atraprat, èske w vle fè yon deplase?

Tibo: Sa w bezwen ak mwen?

Mèkyouchio: Bon Wa Chat, anyen non, sinon youn nan nèf[2] lavi ou yo. Sila a, m gen entansyon pran plezi m ak li, epi, selon konduit ou anvè mwen nan lavni, m rezève uit lòt yo pou m rache. Èske ou vle rale epe ou nan zòrèy li yo fè l soti nan fouwo li? Fè vit, sinon, anvan l soti, zòrèy ou va santi pa mwen.

Tibo: M avè ou.

(Li rale epe l.)

Romeo: Mèkyouchio, moun dou, mete epe ou nan plas li.

Mèkyouchio: Vini, Mesye, fè pas ou!

(Yo batay.)

Romeo: Rale epe ou, Bennvolyo; desann zam yo atè. Mèsye, se yon wont! Rekile devan outraj sila a! Tibo, Mèkyouchio, Prens lan entèdi absoliman goumen sa yo nan lari Vewòn. Sispann, Tibo! Mèkyouchio, bonmoun mwen!

(Tibo, foure epe l anba bra Romeo, li frape Mèkyouchio, epi li kouri avèk moun ki avè l yo.)

Romeo ak Jilyet

Mèkyouchio: M blese. Malediksyon sou kay nou toulède! M pran yon blese mòtèl. Èske l ale epi l pa gen anyen?

Bennvolyo: Kisa, ou blese?

Mèkyouchio: Wi, wi, yon grafouyen, yon grafouyen. O non de Mari, ase. Kote sèvitè mwen an? Ale, sanzave, al chache yon chirijyen.

(Sèvitè a soti.)

Romeo: Kouraj, monchè. Blese a pa ka twò mal.

Mèkyouchio: Non, li pa pwofon tankou yon pui, oswa laj tankou pòt yon legliz; men li ase, li va sifi. Mande pou mwen demen, e nou va jwenn mwen se yon nonm grav. Mwen gen ase pwav[3], m garanti nou, pou monn sa a. Malediksyon sou kay nou toulède! Onon de blese Seyè yo, yon chen, yon rat, yon sourit, yon chat, ki pou grafouyen yon nonm jiska lamò! Yon vantè, yon salopri, yon malfektè, ki batay daprè règ aritmetik! Pou kisa, O dyab, ou te vin mete ou antre nou? M blese anba bra ou.

Romeo: M te panse se te sa ki te mye.

Mèkyouchio: Ede m antre nan kèk kay, Bennvolyo, oswa m va endispoze. Malediksyon sou kay nou toulède! Yo fè m tounen manje pou vètè. M resevwa pa mwen, epi byen pwofon tou. Men pou kay nou!

(Li soti avèk Bennvolyo k ap soutni l.)

Romeo: Jenòm lasosyete sila a, fanmi pwòch Prens lan, zanmi entim pa mwen, resevwa blese mòtèl sa a poutèt mwen—repitasyon mwen sal akoz kalomni Tibo a—Tibo, ki depi inè, li se fanmi mwen. O, Jilyèt, doudous, bèlte ou fè m vin tankou yon fanm, e, nan dispozisyon mwen, li amoli kouraj zam ann asye mwen.

(Bennvolyo antre.)

Bennvolyo: O, Romeo, Romeo, Brav Mèkyouchio mouri! Espri galan sa a ki degoute latè a la a anvan lè l la, grenpe monte nan nyaj yo.

Romeo: Desten nwa jou sa a va kontinye travay li sou lòt jou ankò. Sa a se kòmanse l kòmanse malè lòt genyen pou yo fini.

(Tibo antre.)

Bennvolyo: Men Tibo, nonm anraje a, k ap retounen ankò.

Romeo: Vivan nan triyonf li, epi Mèkyouchio mouri? Monte nan syèl, jantiyès rezonab, firè ak zye an flanmdife, gide m kounye a! Kounye a, Tibo, repran non «salopri» ou te ban mwen toutalè a. Paske nanm Mèkyouchio fè yon tikras wout anwo sou tèt nou sèlman, l ap ret tann pa w pou kenbe l konpayi. Swa ou, swa mwen, oswa nou toulède, genyen pou n ale avèk li.

Tibo: Oumenm, tigason mizerab, ki te asosye l la a, ou va sot isi a w ale ak li.

Romeo: Sa a va deside sa.

(Yo batay. Tibo tonbe.)

Bennvolyo: Romeo, ale, al fè wout ou! Sitwayen yo sou pye, e Tibo mouri. Pa ret la a etone, non. Prens la va kondane w a mò si yo pran w. Soti la a, al fè wout ou, ale!

Romeo: M se viktim Fòtin!

Bennvolyo: Konsa sa w ap ret tann?

(Romeo soti, yon sitwayen antre.)

Sitwayen an: Kibò l kouri ale, moun ki tiye Mèkyouchio a? Tibo, asasen an, kibò l kouri ale?

Bennvolyo: Men Tibo a kouche la a.

Sitwayen an: Kanpe, Mesye, ale ak mwen. O non de Prens lan m ba w lòd ou pou obeyi.

(Prens lan antre avèk moun k ap suiv li, Tonton Montegyou, Kapilèt, madanm yo, ak lòt moun.)

Prens: Kote moun degoutan ki kòmanse batay sila a?

Bennvolyo: O, Prens onorab, m kapab revele ou tout sikonstans mizerab batay fatal sila a. Men, misye jèn Romeo tiye a kouche la a, li menm ki tiye fanmi ou lan, brav Mèkyouchio.

Madan Kapilèt: Tibo, neve m nan! O, pitit frè m nan! O, Prens! O, mari mwen! O, yo mete san chè fanmi m nan deyò! Prens, si ou jis, vèsè san Montegyou yo pou san pa nou yo met deyò an. O, neve mwen, neve mwen!

Prens: Bennvolyo, ki moun ki kòmanse batay benyen ak san sila a?

Bennvolyo: Tibo, ki asasinen la a, li menm Romeo tiye ak men li. Romeo, ki te pale ak li avèk sajès, mande l pou l reflechi sou jan joure a ensiyifyan; e li te avèti l de jan sa p ap fè ou plezi. Tout sa— pale avèk vwa ba, yon rega kalm, jenou li flechi byen enb—pa t kab adousi dispozisyon endontab Tibo, ki, soud pou afè lapè, li brandi pwent asye li nan pwatray kare Mèkyouchio, ki, tou cho menm jan an, mete pwent ak pwent ki tounen fatal. E, avèk yon deden masyal[4], ranvwaye lanmò frèt la dekote avèk yon men, e avèk lòt la, li retounen l kont Tibo, ki, avèk abilite li, retounen li. Romeo limenm rele ak vwa fò, li di: «Sispann mezanmi! Zanmi m yo, separe nou!» e pi vit pase lang li, bra li ki ajil pouse pwent zam yo desann, e li kouri ale antre yo. Anba bra li, Tibo lanse yon kou odasye ki atenn lavi Mèkyouchio, gason vanyan an; epi Tibo degèpi. Men, apre sa li retounen sou Romeo, ki, kounye a ap konsidere vanjans sèlman; konsa youn angaje lòt tankou zèklè. E, anvan menm m te kapab rale zam mwen pou m separe yo, Tibo, nonm vanyan an te mouri. E, pandan l ap tonbe, Romeo, vire li vole. Sa se laverite, sinon kite Bennvolyo mouri.

Madan Kapilèt: Li se fanmi Montegyou yo; afeksyon li rann li manti. Li pa pale laverite. Yon ventèn ladan yo batay nan jouman nwa sila a. E tout ven yo te kapab tiye yon sèl vi sèlman. Mwen sipliye pou jistis, ki, ou menm, Prens, ou dwe bay. Romeo asasinen Tibo; Romeo pa dwe viv.

Prens: Romeo tiye l; li tiye Mèkyouchio. Kilès kounye la a ki gen pou l dwe pri pou san chè li?

Montegyou: Se pa Romeo, Prens; li te zanmi Mèkyou-chio. Fòt li a akonpli sa lawa t a dwe tèmine, lavi Tibo.

Prens: E, pou ofans li sa a, nou egzile l sot isi a ime-dyatman. Mwen menm m se viktim rankin nou an. San m ap koule atè a akoz jouman kriyèl nou an. Men m ap ban nou kòm penalite yon si gwo amann k a fè nou tout repanti pou malè m soufri a. M va soud nan sa ki konsène sipliye ak eskiz. Okenn dlo nan je, ak lapriyè, p ap ka peye pou abi nou yo. Konsa pa itilize youn ladan yo. Kite Romeo soti kite isit la ak tout vitès, sinon, lè yo jwenn ni, lè sa va dènye lè li wè. Pote kò sa a ale sot la a, epi vin resevwa jijman nou. Fè asasen gras, fè moun ki tiye moun, asasen.

(Li soti avèk lòt yo.)

Sèn III

Jaden Kapilèt yo

Jilyèt antre

Jilyèt: Retounen galope, ou menm chevalkous ak pye an flam, nan direksyon lakay Febis[5]! Yon moun ki kondui charèt tankou Faeton[6] ta lanse nou a lwès epi li fè lannuit ki plen nyaj vini imedyatman. Laji rido ou fèmen li, lannuit ki vwe li a lanmou, dekwa pou zye ki pa ret lakay yo kapab tenyen, epi pou Romeo kapab voltije nan bra sila yo san yo pa pale sou li, ak san yo pa wè li. Anmoure kapab wè pou yo akonpli rityèl[7] lanmou yo, ak limyè pwòp bèlte yo; oswa, si lanmou avèg, li akòde mye ak lannuit. Vini, nuit solanèl, ou menm, dam ak rad sonm, tout an nwa, e aprann mwen kijan pou m pèdi yon match m ap gaye, k ap jwe pou de moun vyèj san tach. Kouvri san mwen ki pa donte a, k ap bat sou bò figi m nan, avèk manto nwa w la, jistan lanmou ki pa familye a vin kare, vin panse zak lanmou an pa anyen sinon tou senpleman yon bagay ki konfòm. Lannuit, vini; Romeo, vini, ou menm, lejou, tounen nan lannuit, paske ou va kouche sou zèl nuit lan, pi blan pase lanèj nouvo ki sou do yon kòbo. Vini, lannuit dousman, vini, lanmou, lannuit ki gen fon nwa, ban mwen Romeo m nan; e lò li va mouri, pran li, koupe l an ti zetwal, e l a rann figi syèl la tèlman bèl tout monn nan ann antye va damou lannuit epi yo pa ba solèy ki avegle an okenn adorasyon. O, m achte kay yon lanmou, men mwen pa posede li; e kwak mwen vann, yo poko jui mwen. Lannuit sa a fatigan tankou yon nuit anvan yon selebrasyon pou yon timoun ki enpasyan, ki gen rad nèf, men ki pa ka mete yo.

(Enfimyè a antre avèk yon nechèl fèt ak kòd.)

O, men Enfimyè m nan ap vini. E li pote nouvèl; e tout lang ki nonmen non Romeo sèlman pale avèk yon bwòdè ki sot nan syèl. Alò, Enfimyè, ki nouvèl? Kisa ou gen avèk ou la a, nechèl an kòd Romeo mande ou pou chache a?

Enfimyè nouris la: Wi, wi, nechèl an kòd la.

(Li voye yo atè.)

Jilyèt: O, Mondye! Ki nouvèl? Pou kisa w ap tòde men ou?

Enfimyè nouris la: Ay, mizèrikòd! Li mouri; li mouri, li mouri! Nou peri, Madam, nou peri! Elas, li ale, yo tiye li; li mouri!

Jilyèt: Èske syèl la ta kapab jalou konsa?

Enfimyè nouris la: Romeo kapab, kwake syèl la pa kapab. O, Romeo, Romeo! Kiyès ki ta ka kwè li? Romeo!

Jilyèt: Ki kalite dyab ou ye k ap toumante m konsa a? Sa a se yon siplis ki te dwe ap fè ravaj li nan tenèb lanfè. Èske Romeo asasinen tèt li? Di mwen wi sèlman, e sèl vwayèl «I[8]» a poukont li va anpwazonnen plis pase koudèy lanmò zye bazilik[9] la. M pa mwenmenm ankò si genyen yon «wi», oswa zye sa yo fèmen ki rann repons la «wi». Si li asasinen, di «wi»; osnon si se non, di «non». Son ki kout detèminen si m gen bonè oswa lamizè.

Enfimyè nouris la: M wè blese a, m wè li avèk zye pa mwen, (Se pou Bondye epaye siy lan!) la a sou pwatray maskilen li an. Yon kadav tris, yon kadav tris plen san; pal, pal tankou sann, benyen ak san, ak tout san an kaye. Mwen endispoze lè mwen wè sèn nan.

Jilyèt: O, kase non, kè mwen! Pòv fayit, kase kounye a! Zye, ale nan prizon; pa janm gade libète ankò! Latè voryen, retounen nan latè; sispann bouje la a, e oumenm ak Romeo, peze nan menm sèkèy lou a!

Enfimyè nouris la: O, Tibo, Tibo, meyè zanmi m te genyen! O, Tibo moun janti! Jenòm onorab! Pou di m t a viv pou m wè ou mouri!

Jilyèt: Ki kalite move tan sa a k ap soufle nan sans tèlman kontrè a? Èske Romeo asasinen, e èske Tibo mouri? Kouzen ki te pi chè pou mwen an, ak Ekselans mwen an ki te pi chè ankò a? Alò, twonpèt terib, sonnen dènyè jijman an! Paske kiyès k ap viv si de sa yo ale?

Enfimyè nouris la: Tibo ale, epi Romeo bani; Romeo ki tiye l la, li bani.

Jilyèt: O, Bondye! Èske se men Romeo ki mete san Tibo deyò?

Enfimyè nouris la: Se li ki fè l wi, se li! Elas, se li menm ki fè li!

Jilyèt: O, kè sèpan, kache anba bèlte yon flè! Èske te janm gen yon dragon ki abite yon kav ki si bèl? Bèl tiran[10]! Demon ki tankou zanj! Kòbo avèk plim toutrèl! Mouton ki devore lou! Materyèl meprizan avèk yon fòm diven! Egzakteman lekontrè de sa ou sanble ou ye vrèman an—yon sen ki dane, yon malfektè onorab! O, nati, pou kiyès ou te rezève lanfè lè ou te bay lespri yon demon lòjman nan paradi mòtèl yon kò ki si dous? Èske te janm gen yon liv ki te gen sijè detestab ladan li ki te relye si bèl? O, pou bagay pèfid te gen pou l abite nan yon palè ki si mayifik!

Enfimyè nouris la: Ou pa ka mete ni konfyans, ni lafwa, ni kwayans nan lèzòm; yo tout se mantè, tout se trèt, tout se ipokrit. A, kote sèvitè mwen an? Ban mwen enpe odevi.[11] Chagren sila yo, malè sila yo, tristès sila yo, fè m vyeyi. Wonte pou Romeo!

Jilyèt: Se pou lang ou vin chaje ak zanpoud pou sa ou swete a! Li pa t ne pou wonte. Wonte wont pou l chita sou fon li; paske li se yon twòn kote onè kapab kouwone sèl wa latè inivèsèl la. O, ala yon mons mwen te ye dèske m te joure l konsa!

Enfimyè nouris la: Èske ou va pale an byen de moun ki touye kouzen ou lan?

Jilyèt: Èske fò m pale mal de moun ki mari m nan? A, pòv, Ekselans mwen an, ki lang ki va rann non ou lis, lè mwen menm, madanm ou depi twazè d tan, mwen dechire li? Men, pou kisa, malfektè, ou te tiye kouzen m nan? Kouzen malfektè sa a t a tiye mari mwen. Retounen, dlo nan je san sans, retounen nan sous natirèl nou! Omaj gout ou yo, ki, mèt yo se doulè a, nan erè, ap ofri yo bay lajwa. Mari m nan Tibo ta ka tiye a, ap viv; e Tibo, ki ta ka tiye mari m nan, mouri. Tou sa rekonfotan; alò pou kisa m ap kriye? Te gen yon mo ki pi terib pase lanmò Tibo, ki asasinen mwen. M ta renmen bliye li, men, O, li peze nan memwa mwen tankou aksyon kondanab koupab ki nan sèvo pechè! Tibo mouri, e Romeo—bani. «Bani» sa a, grenn mo «bani» an, asasinen dimil Tibo. Lanmò Tibo a te malè ase, si l te fini la; oswa, si malè amè te pran plezi li nan konpayi, e te bezwen lòt doulè pou eskòte li, poukisa sa k suiv la, lò yo di «Tibo mouri» a, se pa, papa ou, oswa manman ou, non, osnon yo toulède, bagay ki ta lakòz chagren òdinè? Men dèyè Tibo mouri a, sa k suiv la se «Romeo bani»—pou di mo sa a se papa, manman, Tibo, Romeo, Jilyèt, yo tout mouri. «Romeo bani»—pa gen okenn fen, okenn limit, mezi, bòn, nan lanmò mo sa a; pa gen okenn son pou doulè sa a. Enfimyè, kote papa m ak manman m?

Enfimyè nouris la: Y ap kriye ak rele sou kò Tibo. Ou vle al jwenn yo? M va mennen ou la.

Romeo ak Jilyèt

Jilyèt: Èske yo lave blese a avèk dlo nan je yo? Pa m yo, m ap rezève yo, lè pa yo an seche, pou egzil Romeo. Ranmase nechèl an kòd sa yo. Pòv nechèl an kòd, nou desi, nou toulède, mwenmenm avèk nou, paske Romeo egzile. Li te fè nou kòm yon gran chemen pou vin nan kabann mwen; men, mwenmenm, yon vyèj, mwen mouri vyèj vèv. Vini, nechèl an kòd; vini, Enfimyè. M pral nan kabann maryaj mwen; e lanmò, pa Romeo non, pran vijinite mwen!

Enfimyè nouris la: Kouri nan chanm ou. M pral chache Romeo pou rekonfòte ou. M konnen byen ki kote l ye. Ou tande, Romeo ou la ap la a aswè a. M pral jwenn ni. Li kache nan ofis Loran an.

Jilyèt: O, jwenn ni! Bay vrè chevalye m nan bag sa a epi mande l pou l vin pran dènye orevwa li.

(Li soti ak Enfimyè a.)

Sèn III

Frè Loran antre

Frè Loran: Romeo, vin isi; vin isi, ou menm gason ki gen lapèrèz la. Lafliksyon renmen kò ou, e ou marye avèk kalamite.

(Romeo antre.)

Romeo: Monpè, ki nouvèl? Ki pinisyon Prens lan bay? Ki lapenn m poko konnen ki anvi fè konesans avèk mwen?

Frè Loran: Pitit gason m nan twò familye pito avèk konpayi mizerab sila a. M pote nouvèl pinisyon Prens lan ba ou.

Romeo: Ki pinisyon Prens lan bay ki mwens pase pinisyon lanmò?

Frè Loran: Yon jijman ki pi dous echape sot nan po bouch li—pa lanmò yon kò; men pou bani yon kò.

Romeo: Aa, bani? Pran pitye, non, di «lanmò;» paske egzil gen plis terè nan aspè li, pi plis pase lanmò. Pa di «bani.»

Frè Loran: Ou bani pou kite Vewòn. Pran pasyans, pase lemonn gran, epi li laj.

Romeo: Pa gen okenn monn san mi Vewòn yo, sinon se pigatwa, touman, lanfè li menm. Bani soti isi a se bani sot nan lemonn, e egzile sot nan lemonn, se lanmò. Konsa, «bani» se lanmò sou yon fo non. Rele lanmò «bani» se koupe ou koupe tèt mwen avèk yon rach ann ò, epi ou souri lè w bay kou ki tiye m nan.

Frè Loran: O peche mòtèl! O, engratitid malelve! Pou fòt ou a, lalwa nou yo mande lanmò; men Prens lan ki bon, pran pati pou ou, li pouse lalwa a dekote, epi li pran mo nwa sa a, «lanmò» a, fè l tounen bani. Sa a se bon jan fè gras; epi ou pa wè li.

Romeo: Se touman, se pa fè gras. Syèl la se la a li ye, kote Jilyèt abite a; e tout chat, ak chen, ak ti sourit, tout ti bagay san valè, ap viv la a nan syèl, e yo kapab wè li. Men Romeo pa kapab. Gen plis privilèj, plis onè, plis favè nan egzistans yon mouch chawony pase pou Romeo. Yo kapab sezi pou wè mèvèy sa a, jan men Chè Jilyèt yo blanch, epi nan vòlè benediksyon imòtèl ki sot nan po bouch li, ki, menm nan moderasyon pi li antanke vyèj, kontinye ap wouji nan panse pwòp beze youn bay lòt se peche. Men Romeo pa kapab; li bani. Mouch gen dwa fè sa; men mwen menm se pou m vole kite yo. Yo se gason lib; men mwen bani. Epi w ap di toujou egzil se pa lanmò? Èske ou pa genyen okenn pwazon melanje, okenn kouto file, okenn mwayen pou bay lamò sibit, okenn lòt ti mwayen pase «bani» pou tiye mwen? «Bani?» O, Frè, mo sa a, moun ki dane nan lanfè anplwaye li, rèl yo akonpaye li! Ki jan ou fè gen kè, ou menm ki se yon relijye, yon konfesè espirityèl, yon moun ki efase peche, epi ki di li se zanmi m, pou devore m avèk mo «bani» sila a?

Frè Loran: Ou menm, moun fou egare, koute m fè yon ti pale.

Romeo: O, ou vle pale de bani ankò.

Frè Loran: M va ba ou yon zam pou kenbe mo sa a lwen; filozofi, lèt dous advèsite, pou rekonfòte ou, kwak ou bani.

Romeo: «Bani» ankò? Pann filozofi! Si filozofi pa ka fè yon Jilyèt, pa ka deplase yon vil, pa ka ranvèse pinisyon yon Prens, li pa ede, li pa sèvi anyen. Pa pale m de li ankò.

Frè Loran: O, konsa, mwen wè moun fou pa gen zòrèy.

Romeo: Pou kisa pou yo ta genyen, lè moun saj pa gen zye?

Frè Loran: Kite m rezone avè ou sou sitiyasyon w.

Romeo: Ou pa ka pale de sa ou pa santi. Si ou te jèn tankou mwen, Jilyèt te renmen ou, ou te marye inè d tan sèlman, ou tiye Tibo, ou anmoure tankou mwen, epi, tankou mwen, ou te bani, lè sa a, ou ta ka pale, lè sa a ou ta ka rache cheve ou, epi ou tonbe atè, jan m fè kounye la a, pou m pran mezi yon tonm ki poko fèt.

(Enfimyè nouris la antre; li frape.)

Frè Loran: Leve; yon moun ap frape. Romeo, bon moun mwen, kache kò w.

Romeo: Pa mwen menm. Amwenke souf soupi yon kè ki malad fè yon nyaj toutotou mwen ki vlope m kache m anba zye k ap chache m yo.

[Frape.]

Frè Loran: Ou tande jan y ap frape! Ki moun ki la a? Romeo, leve; yo va pran ou.—Rete yon moman!—Kanpe;

[Frape.]

Kouri al nan bibliyotèk mwen an.—Toutalè! Bondye! Ki konduit moun fou sila a?

– M ap vini, m ap vini!

[Frape.]

Ki moun k ap frape fò konsa a? Ki kote ou soti? Kisa ou vle?

(Enfimyè Nouris la antre.)

Enfimyè nouris la: Kite m antre, e ou va konnen ki komisyon m vin fè. Se Dam Jilyèt ki voye m.

Frè Loran: Konsa, m akeyi ou.

Enfimyè nouris la: O, Sen Frè, O, di mwen, Sen Frè, kote Ekselans dam mwen an, kote Romeo?

Frè Loran: Atè a la a ak pwòp dlo nan je l ki rann li sou.

Enfimyè nouris la: O, li nan menm eta avèk mètrès mwen an, nan menm eta a menm. O, akò[12] nan menm tristès la! Sitiyasyon lamantab! Li kouche menm jan an, ap rele, epi ap kriye, ap kriye epi ap rele. Leve ou kanpe[13]! Leve, si se gason ou ye. Pou Jilyèt, pou li, leve epi kanpe! Pouki pou tonbe nan yon dezespwa ki si pwofon?

Romeo: *(Leve)* Enfimyè—

Enfimyè nouris la: A a, Mesye! A a, Mesye! Lanmò se lafen tout bagay.

Romeo: Èske ou te pale de Jilyèt? Kijan l ye? Èske l pa panse m se yon asasen andisi, kounye a ke m sal lajenès lajwa nou avèk san ki si pwòch ak pa li a? Ki kote l ye? E kijan l ye? E kisa madanm ankachèt mwen an di de lanmou ankachèt nou an?

Enfimyè nouris la: O, li pa di anyen, Mesye, sèlman l ap kriye, l ap kriye; yon lè li lage kò l sou kabann li, epi apre sa li leve, epi li rele Tibo; epi ankò li rele Romeo, epi li lage kò li sot tonbe ankò.

Romeo: Se tankou non sa a, tire soti nan direksyon mòtèl yon fizi, te tiye li, menm jan men dane non sa a te tiye fanmi l nan. O, di mwen, Frè, di mwen, ki kote nan anatomi sila a, non mwen loje? Di mwen, pou m sa sakaje lojman repiyan an.

(Li rale ponya l kòmsi pou l frape kò l, epi Enfimyè a sezi ponya a li pran li.)

Frè Loran: Retni men dezespere ou la. Èske ou se yon gason? Fòm ou, rele di, ou se youn. Dlo nan je ou yo se bagay fanm, aksyon sovaj ou yo, demontre firè derezonab yon bèt. Yon fanm dezòdone nan aparans yon nonm! Yon bètmons ki sanble l ta ka toulède. Ou etone m. O non de òd sen mwen an, m te konprann dispozisyon ou te pi tanpere. Èske ou asasinen Tibo? Èske ou va tiye tèt ou? Epi ou asasinen dam ou an, ki viv nan vi ou la, nan mete kondanasyon lahèn sou tèt ou? Pou kisa ou leve kont nesans ou, kont lesyèl, ak latè? Kòm nesans ak syèl ak latè, tout rankontre ansanm pou egzistans ou an menm tan, ou t a pèdi yo yon sèl kou. Annavan, anna-van, ou fè bèlte ou, lanmou ou, ak entelijans ou wont, ki, tankou yon izirye, ou chaje ak yo tout, e ki pa itilize yo youn nan bon izaj ki vrèman t a fè bèlte ou, lanmou ou, entelijans ou, onè. Bote nòb ou an se yon fòm an lasi sèlman li ye, ki devye valè yon nonm, ki fè de lanmou chè ou te jire a, yon manti vid, ki tiye lanmou sa ou te jire pou pran swen de li a. Entelijans ou, òneman bote ou ak lanmou ou nan, pèdi fòm li nan direksyon l gide toulède, tankou poud nan kalbas yon sòlda maladwat, ki pran dife akoz pwòp iyorans ou, e ki demanbre olye li defann ou. Kòman, leve kò w, mouche! Chè Jilyèt ou an vivan, li menm poutèt li ou te vle mouri toutalè a. Ou gen chans nan sa. Tibo te vle tiye ou; men ou asasinen Tibo. Nan sitiyasyon sa a ou gen chans toujou. Lalwa ki t ap menase ou ak lanmò a, vin zanmi ou, e fè l tounen egzil. Nan ka sa a ou gen chans. Yon chay benediksyon tonbe sou do ou. Bonè a liyen ou ak meyè bagay li genyen. Men, tankou yon tifi malelve, ak fache, w ap boude sou bonè ou ak lanmou ou. Fè atansyon, fè atansyon, paske moun konsa mouri mizerab. Al jwenn anmoure ou la, jan sa te deside a, monte al nan chanm li, epi al konsole li. Men fè atansyon pou pa rete jis avanjou, pase lè sa a ou p ap ka travèse al Mantou, kote ou va viv jiskaske nou jwenn yon lè pou nou pwoklame maryaj ou a piblikman, rekonsilye zanmi ou yo, mande Prens la padon, epi rele ou fè ou retounen avèk ven mil fwa plis lajwa pase sa ou te genyen lè ou ale ak tristès la. Enfimyè, ale anvan li. Salye dam ou an pou mwen, epi mande l pou l fè tout moun nan kay la prese al nan kabann yo—bagay gwo tristès gen tandans fè moun fè. Romeo ap vini.

Enfimyè nouris la: O, Seyè, m ta ka ret la a tout nuit lan pou m koute bon konsèy. O, ala yon bagay konesans ye, en! Ekselans mwen, m va di dam mwen an w ap vini.

Romeo: Fè sa; epi di cheri m nan prepare pou l joure.

Enfimyè nouris la: Mesye, men yon bag li priye m ba ou. Kouri, fè vit, paske li kòmanse ap trè ta la a.

(Li soti.)

Romeo: Gade jan sa[14] a fè kouraj mwen pran fòs ankò!

Frè Loran: Ale. Bòn nuit, e men kote tout sitiyasyon w lan ye: swa ou ale anvan li fè jou, oswa avan jou, degize ou pou soti. Ale Mantou. M va jwenn sèvitè ou la, e li va di ou detanzawòt tout bon bagay ki ka rive la a. Ban m men ou. Li ta. Orevwa; bòn nuit.

Romeo: Si yon lajwa depase tout lajwa pa t ap rele m la a, li t a yon gwo chagren pou m deplase sot kote w. Orevwa.

(Li soti.)

Sèn IV

Tonton Kapilèt, Madanm li, ak Paris antre

Kapilèt: Bagay yo tounen tèlman mal, Mesye, nou pa t gen tan pou nou pale ak pitit fi nou an. Sèke li te renmen Tibo, kouzen l lan anpil, e mwen menm tou. Enben, nou te ne pou nou mouri. Li trè ta. Li p ap desann anba aswè a. M asire ou, si se pa t pou prezans ou, m ta nan kabann depi inè pase.

Paris: Moman tristès sa yo pa akòde moun tan pou liyen moun. Madam, bònnuit. Salye pitit fi w la pou mwen.

Madan Kapilèt: M a fè sa; demen maten bònè m a konnen panse li. Aswè a, li fèmen avèk doulè l ki akonpaye l.

Kapilèt: Mesye Paris, m ap pran risk pou m ofri ou lanmou pitit fi m nan. M kwè l ap kite m dirije l nan tout sa ki konsène bagay sa yo. Non, plis pase sa, m pa doute li. Madanm mwen, al kote l anvan ou al nan kabann. Mete l okouran de lanmou Paris, pitit gason m nan; epi di li, w ap koute m byen? Mèkredi pwochen—Men, dousman! Ki jou jodi a ye?

Paris: Lendi, Ekselans mwen.

Kapilèt: Lendi! Aha! Enben, mèkredi twò pwòch. A, kite l fèt jedi—jedi, di li, li pral marye avèk Kont[15] nòb sila a. Èske ou ap pare? Èske ou renmen mache vit sa a? Nou p ap fè okenn gwo bagay—yon zanmi ou de; paske, ou wè, asasina Tibo a tèlman resan, sa va fè panse nou pa t ba l gran valè antank fanmi nou, si nou banboche anpil. Konsa nou va genyen yon demi douzèn zanmi, epi se fini. Men kisa ou di pou jedi?

Romeo ak Jilyet

Paris: Ekselans, m ta swete demen te jedi.

Kapilèt: Enben, ou met ale. Donk se pou jedi. Ale kot Jilyèt anvan w al nan kabann; prepare li, madanm mwen, pou jou nòs sila a. Orevwa, Ekselans mwen—Annavan, fè limyè pou m al nan chanm mwen. Ale devan mwen; li tèlman ta nou ta ka rele l demen anvan jou. Bònnuit.

(Yo soti.)

Sèn V

Nan jaden ka Kapilèt

Romeo ak Jilyèt antre anwo (nan fenèt la)

Jilyèt: Ou vle ale? Li poko prèt pou l jou. Sete yon wosiyòl, e pa yon pipirit[16], ki pèse twou zòrèy krentif ou an. Chak swa li chante sou pye grenad laba a. Kwè mwen, amou, sete wosiyòl lan.

Romeo: Se te pipirit la, mesaje maten an; se pa wosiyòl. Gade, amou, ki klate jalou k ap koupe dantèl nan nyaj laba a, a lès yo. Chandèl nannuit yo boule nèt, e lajounen kè kontan an kanpe sou pwent zòtèy li sou tèt montay ki gen bwouya yo. Fò m ale epi viv, oswa rete epi mouri.

Jilyèt: Limyè laba a se pa klate lajounen. Mwen konn sa, mwen menm. Se kèk meteyò solèy la soufle met deyò pou l sa pote yon tòch pou ou nannuit sila a, epi pou l limen, chemen pou ou nan wout ou pou al Mantou. Konsa rete toujou. Ou pa bezwen ale.

Romeo: Kite yo pran m; kite yo mete m a mò. M satisfè, si se konsa ou vle sa. M a di gri laba a, se pa zye maten, se sèlman reflè pal fon Senntya.[17] Nonplis tou se pa pipirit la k ap frape vout syèl si wo anlè tèt nou an avèk nòt li yo. M gen plis dezi pou m rete pase volonte pou m ale. Vini, lanmò, epi mwen akeyi ou! Jilyèt vle l konsa. Nanm mwen, kijan sa ye? Ann koze; li pa lajounen.

Jilyèt: Li lajounen, li lajounen! Kouri sot la a, ale, soti! Se pipirit la k ap chante tout fòs nòt sa yo, k ap fòse son dezakòde di sa yo, ak nòt wo san amoni sa yo. Gen moun ki di pipirit fè melodi ki dous. Li pa fè sa vre paske l ap divize nou. Genyen ki di pipirit chanje zye ak krapo ki detestab. O, kounye a, m ta renmen yo chanje vwa tou paske vwa sa a ap fè nou pè pou nou youn sot nan bra lòt, l ap chase ou sot la a avèk chanson maten ki reveye chasè. O, ale kounye a! L ap fè deplizanpli klè.

Romeo: Deplizanpli klè—deplizanpli sonm e fè malè nou yo sonm.

(Enfimyè nouris la antre ak vitès.)

Enfimyè nouris la: Madam!

Jilyèt: Enfimyè?

Enfimyè nouris la: Dam nan, manman ou, ap vini nan chanm ou. Jou a leve, ret sou pinga ou, fè atansyon.

(Li soti.)

Jilyèt: Konsa, fenèt, kite jou a antre, epi kite lavi soti.

Romeo: Orevwa, orevwa. Yon bo, epi m va desann.

(Li desann.)

Jilyèt: Èske se konsa w ale, Ekselansamou, wi, marizanmi? Fò m pran nouvèl ou a chak jou nan chak è, paske nan yon minit genyen anpil jou. O, nan jan konte sa a m va aje anpil anvan m wè Romeo m nan ankò!

Romeo: Orevwa! M p ap pèdi okenn opòtinite ki ka pote nouvèl mwen, lanmou mwen, ba ou.

Jilyèt: O, èske ou panse nou va janm rankontre ankò?

Romeo: M pa doute li; e tout malè sa yo va sèvi kòm bèl konvèsasyon nan lè nou k ap vini yo.

Jilyèt: O, Bondye, mwen gen yon presantiman fatal nan nanm mwen! M panse mwen wè ou, kounye a ou tèlman anba a, tankou yon moun mouri nan fon yon tonm. Swa zye m twonpe m, oswa ou parèt pal.

Romeo: E, kwè mwen, amou, ou menm tou ou menm jan an nan zye m. Tristès sèk[18] ap bwè san nou. Orevwa, orevwa!

(*Li soti.*)

Jilyèt: O, Lapwovidans, Lapwovidans! Tout moun rele ou kaprisyèz. Si w kaprisyèz, kisa ou gen pou fè ak yon gason ki renome pou fidelite l? Fè kaprisyèz ou, Lapwovidans, paske lè sa a m espere ou p ap kenbe l pou lontan, men w a voye l tounen.

(*Li kite fenèt la li desann anba, Manman an antre.*)

Madan Kapilèt: Alò, pitit fi! Èske ou leve?

Jilyèt: Kiyès sa a k ap pale a? Se dam manman m. Èske li pa nan kabann twò ta, oswa li leve twò bonè? Ki bagay ki pa abitid li ki mennen l la a?

Madan Kapilèt: Ebyen, kijan ou ye, Jilyèt?

Jilyèt: Madam, m pa byen.

Madan Kapilèt: Ou ap kriye toujou pou lanmò kouzen w nan? Kisa, ou vle lave l soti nan kavo l avèk dlo nan je w? E si ou te kapab, ou pa ta kapab fè l viv. Konsa fini ak sa. Gen de tristès ki montre anpil amou; men anpil tristès toujou montre kèk mank sajès.

Jilyèt: Malgre sa kite m kriye pou yon pèt ki tèlman pwofon.

Madan Kapilèt: Konsa ou va santi pèt la, men pa zanmi w ap kriye pou li a.

Jilyèt: M tèlman santi pèt la, m pa ka chwazi anyen sinon pou m kriye toujou pou zanmi an.

Madan Kapilèt: Enben, tifi, w ap kriye pa otan pou lanmò li, sinon pase malveyan ki asasinen la an vi.

Jilyèt: Ki malveyan, madam?

Madan Kapilèt: Menm malveyan an, Romeo.

Jilyèt *(Poukont li):* Ant malveyan an ak li, se pou gen anpil distans.—Bondye padone li! Mwen fè li, ak tout kè mwen; e malgre sa pa gen okenn gason ki fè kè m tris plis pase li.

Madan Kapilèt: Se paske asasen trèt la ap viv.

Jilyèt: Wi, Madam, alapòte men m sa yo. M ta renmen se pa pèsonn sinon mwen menm ki pou ta vanje lanmò kouzen m nan!

Madan Kapilèt: N ap gen vanjans pou li; ou pa bezwen pè. Konsa pa kriye ankò. M ap voye kote yon moun nan Mantou, kote menm egzile ki sove sa a rete; l a ba li yon posyon li tèlman pa atann a li, ki va fè l kenbe Tibo kompayi toutalè. E lè sa a m swete ou va satisfè.

Jilyèt: Vrèman m p ap janm satisfè avèk Romeo toutotan m pa wè l—mouri—jan pòv kè mwen an ki fache pou yon kouzen an ye a. Madam, si ou te kab jwenn sèlman yon nonm pou pote yon pwazon, m ta prepare[19] li, dekwa pou Romeo, dèke l resevwa l, li t a dòmi an silans. O, ala kè m rayi tande y ap nonmen non l epi m pa kab al jwenn li pou m dechennen lanmou m te genyen pou kouzen m nan sou kò limenm ki te asasinen l nan!

Madan Kapilèt: Chache jwenn mwayen an, e m va jwenn yon tèl nonm. Men kounye a, fi mwen, m pral di ou nouvèl ki bay lajwa.

Jilyèt: E lajwa vini bon lè nan yon moman kote l tèlman nesesè. Kisa yo ye, m ap mande ou, dam nòb mwen?

Madan Kapilèt: O, lala, pitit mwen, ou gen yon papa ki konn pran swen de bagay byen. Yon papa ki, pou l retire ou soti nan doulè ou, chwazi toudenkou yon jou lajwa ou pa t ap atann ou a li, ni m pa t ap chache.

Jilyèt: Madam, lajwa sa a, ki jou l ap ye?

Madan Kapilèt: Ebyen, pitit mwen, jedi pwochen granm-maten, jenòm lasosyete, galan, jèn, ak nòb la, Kont Paris, nan Legliz Sen Pyè, va trè ere pou l fè ou tounen la yon madanm–marye kèkontan.

Jilyèt: Kounye a, O non de Legliz Sen Pyè, ak Pyè tou, li p ap fè m tounen la yon madanm-marye kèkontan! Mwen sezi pou mache vit sa a, pou m oblije marye anvan menm moun ki pou mari m nan vin fè m lademann. Tanpri, Madam, di Ekselans papa mwen, m p ap marye kounye a; e, lè m marye, m fè sèman, se va avèk Romeo, ki, ou konnen m rayi, olye de ak Paris. Sa se nouvèl vre!

Madan Kapilèt: Men papa ou ap vini. Di l li poukont ou. E w a wè kijan l ap pran sa nan men w.

(Kapilèt antre avèk Enfimyè nouris la.)

Kapilèt: Lè solèy la kouche, latè degoute lawoze, men, apre kouche solèy pitit frè m nan, lapli vide nèt. Kijan ou ye? Ou se yon tiyo, pitit fi mwen? Kisa? W ap kriye toujou? Lapli kontinye ap tonbe? Nan yon sèl ti kò a, ou fè efè yon kannòt, yon lanmè, yon van: paske zye ou, m ta ka rele lanmè, kontinye monte desann ak dlo je. Kannòt la, se kò ou, k ap flote nan lavalas sale a; van yo, se soupi ou yo, k ap lite ak firè ak dlo nan je ou, e yo menm y ap lite ak soupi yo; si yon kalm sibit pa rive, yo va kapote kò a sa tanpèt ap voltije monte desann nan. Ebyen, Madanm mwen? Èske ou anonse l lòd nou bali an?

Madan Kapilèt: Wi, Mesye; men li pa vle tande anyen nan sa. Li remèsye ou. M t a pito enbesil la te marye avèk tonm li.

Kapilèt: Dousman! Ede m konprann ou, ede m konprann ou, madanm mwen. Kòman? Li pa vle tande anyen nan sa? Li pa remèsye nou? Èske l pa gen fyète? Èske li pa konsidere l beni, endiy jan li ye a, dèske nou ranje pou yon jenòm lasosyete ki si diy, pran l pou madanm?

Jilyèt: M pa fyè dèske nou fè li, men m rekonesan dèske nou fè li. M pa ka janm fyè de sa m rayi; men m rekonesan menm pou rayisans ki sanse te fèt pa amou.

Kapilèt: Kòman, kòman, kòman, kòman, *rezònman dekoupe*? Sa sa vle di? «Fyè»—epi «m remèsye ou»—epi—«M pa remèsye ou»—E malgre sa, «pa fyè»? Ou menm, Manzè Cheri, epaye m remèsiman ak fyète ou yo; men prepare jwenti delika ou yo pou preparasyon jedi pwochen yo, pou al legliz Sen Pyè ak Paris, sinon m va trennen ou la sou yon branka. Deyò, charony anemik! Deyò, chanbrèy! Figi blèm!

Madan Kapilèt: Gade non, gade non, sa l ye, ou fou?

Jilyèt: Bon papa mwen, m sipliye ou a jenou, pran pasyans pou koute m di yon mo sèlman.

Kapilèt: Ale ou vouzan, jèn chanbrèy! Dezobeyisan mizerab! Koute—ale legliz la jedi, sinon pa janm gade m nan figi ankò apre sa. Pa pale, pa replike, pa reponn mwen! Dwèt[20] mwen ap grate m. Madanm mwen, nou te panse se apèn nou te beni dèske Bondye te prete nou yon sèl pitit sa a; men, kounye a, mwen wè sa a sèl, li twòp, e nou gen yon malediksyon dèske nou fè li. Ale l vouzan, voryen!

Enfimyè nouris la: Bondye nan syèl la beni li! Ou gen tò, Ekselans, pou joure l konsa.

Kapilèt: E pou kisa, Madam Sajès? Kenbe lang ou, Bon Pridans. Al bavade ak fèzè parèy ou yo!

Enfimyè nouris la: M p ap di okenn medizans.

Kapilèt: O, pou lamou de Dye! Bonswa!

Enfimyè nouris la: Èske yon moun pa kapab pale?

Kapilèt: Lapè, radòtè, enbesil! Al pale gwo pawòl ou a tout w ap bwè yon bòl lakay fèzè ou yo, paske la a nou pa bezwen li.

Madan Kapilèt: Ou twò eksite.

Kapilèt: Onon de Losti Bondye! Sa rann mwen fou! Lajounen, lannuit; lè, minit, moman, travay, jwe, sèl, akonpaye, sèl sousi mwen se te pou m fè l marye; e kounye a, m jwenn yon jenòm lasosyete ki gen ansèt nòb, gwo pwopriyete, ki jèn, ki gen edikasyon nòb, ki chaje, kouwè yo di, ak kalite onorab, ki akonpli jan panse yon moun t a ka swete pou yon nonm ye—epi pou jwenn yon mizerab plenyadò sòt, yon poupe plenyen, lè y ap ofri l yon bon fòtin, pou l reponn ou, «M p ap marye, M pakab renmen, Mwen twò jèn, Tanpri eskize m!» Si ou pa marye, m va eskize[21] w! Manje zèb kote w vle, ou p ap abite ak mwen. Fè atansyon, panse byen; m pa abitye blage. Jedi pwòch; mete men sou kè, reflechi: Si ou se pa m ou ye, m a pran w bay zanmi m; si ou pa pa m, ale ou vouzan, mande, mouri grangou, mouri nan lari, paske, m jire sou nanm mwen, m p ap janm konnen ou ankò. Ni anyen ki pou mwen p ap jan m vin byen ou. Konte sou sa. Reflechi sou sa. M p ap renonse pawòl mwen.

(Li soti.)

Romeo ak Jilyet

Jilyèt: Èske pa gen okenn pitye ki chita nan nyaj sa yo, ki wè nan nannan tristès mwen an? O, manman doudous, pa voltije e m deyò! Ranvwaye maryaj sa a pou yon mwa, yon semèn; sinon, si ou pa fè li, ranje kabann lamarye a nan moniman sonm kote Tibo kouche a.

Madan Kapilèt: Pa pale ak mwen, paske m p ap di yon mo. Fè sa ou vle, paske m fini ak ou.

(Li soti.)

Jilyèt: O, Bondye! O, Enfimyè, kijan pou anpeche bagay sa a fèt? Mari m sou latè, fwa m nan syèl. Kijan pou lafwa sa a retounen ankò sou latè san se pa mari sa a ki voye l sot nan syèl ban mwen paske li kite²² latè a? Rekonfòte mwen, ban m konsèy. Elas, elas, dèske syèl la anplwaye estrateji sou yon sijè tèlman mou tankou mwen! Kisa ou di? Èske ou pa gen yon mo soulajman, yon rekonfò, Enfimyè?

Enfimyè nouris la: Enben, men li: Romeo bani; e, m parye lemonn antye li p ap oze janm retounen pou l reklame ou. Oswa si li fè li, fò l fè li anba chal. Konsa, kòm se konsa bagay yo ye jan yo ye la a, m panse li preferab pou marye avèk Kont lan. O, li se yon jenòm emab! Romeo tankou yon tòchon devan li. Madam, yon èg, pa gen zye ki pi vèt, pi vif, pi bèl pase Paris. Se pou kè m modi si m pa panse ou pi ere nan dezyèm alyans sa a, paske li depase premye ou lan. Oswa si li pa depase li, premye ou la mouri—osnon se tankou l te mouri, tank pou l ta viv la a epi pou l ta vo anyen pou ou.

Jilyèt: Èske w ap di sa k nan fon kè ou?

Enfimyè nouris la: E sot nan nanm mwen tou. Sinon, modi yo toulède.

Jilyèt: Amèn!

Enfimyè nouris la: Kisa?

Jilyèt: Enben, ou rekonfòte m ase byen konsa. Antre; e di Madam, apre m fin deplezi papa mwen, m ale nan ofis Loran, pou m fè konfesyon e pou m resevwa absolisyon.

Enfimyè nouris la: O non de Mari, m va fè li; e ou aji avèk sajès.

(Li soti.)

Jilyèt: Vye madichon! O, demon ki pi mechan an! Èske se yon pi gwo peche pou swete m jire fòsman konsa, oswa pou pale Ekselans mwen an mal avèk menm lang li te egzalte l pi wo konpare ak tout bagay dè milye de fwa a? Ale, konsèyè! Ou menm avèk sen mwen depi kounye a nou va fè de. M pral ka Frè a pou m konn solisyon li. Si tout bagay echwe, mwen menm m gen mwayen pou m mouri.

(Li soti.)

Nòt pou Ak III

1. *Alla stoccata*: Mo Laten ki vle di, apeprè, «Kou l foure», yon ti non ki gen rapò a teknik tire epe Mèkyouchio bay Tibo, kòmsi l t a di «ekspè nan tire epe» a triyonfe.

2. Nèf: Genyen yon pwovèb ki di chat gen nèf lavi.

3. Pwav: La a, sa Mèkyouchio di se: Mwen «pwavre», yon tèm ki vle di li nan dènye estad preparasyon yon vyann. Li fini.

4. Masyal: Ki gen rapò a Mars, dye lagè nan mitoloji women.

5. Febis (*Phoebus*): Yon lòt non pou Apolon, dye solèy, nan mitoloji grèk.

6. Faeton (*Phaeton*): Pitit Febis. Lè l te vle kondui charèt papa li, cheval solèy la te kouri ak li jis li te vanse ensandye latè. Zeus, dye an chèf la te pini li, voye foud (zèklè) sou li.

7. Rityèl: Konduit ki lakoutim pou moun fè.

8. I: La a, Shakespeare ap fè yon jwèt ak mo avèk lèt «I» ki pwononse (Ay) e ki te vle di: wi (Aye) tou ann anglè nan epòk la, avèk mo «I» ki vle di «mwen menm». Jilyèt ap di, ann efè: Si ou di m «I» (wi), m p ap «I» «mwen menm» ankò—mwen p ap egzte ankò. «I» gen rapò avèk zye sèpan an tou paske mo anglè pou zye, «Eye» pwononse menm jan ak lèt (I) a tou.

9. Bazilik: Nan mitoloji ansyen, se yon sèpan ki te kapab tiye avèk rega li sèlman. Lè li gade yon moun, moun nan te tounen yon wòch.

10. Tiran: Yon moun ki gouvènen avèk pouvwa total, san restriksyon, san limit.

11. Odevi: Ann fransè: *Eau-de-vie*, an laten, *Aqua vitae*, yon bwason alkolik distile.

12. O, akò nan menm tristès la! Sitiyasyon lamantab! De fraz sa yo atribye a Frè Loran nan edisyon K. Stevens la.

13. «Leve ou kanpe! Leve, si se gason ou ye. Pou Jilyèt, pou li, leve epi kanpe! Pouki pou tonbe nan yon dezespwa ki si pwofon?» Fraz sa yo genyen yon doub siyifikasyon daprè kèk entèpretasyon, se yon lòt egzanp de sans doub nan Shakespeare.

14. Sa a: Li kapab ap fè alizyon a bag la.

15. Kont: La a, Shakespeare, itilize yon tit nòb anglè, «Earl».

16. Pipirit: La a, Shakespeare anplwaye mo anglè, *"lark"* ki tradui *«alouette»* an fransè.

17. Senntya: Ann anglè, *«Cynthia,»* yon referans a lalin nan.

18. Sèk: Nan epòk sa a, se pwobab yo te panse latristès deseche san moun.

19. Prepare: La a, Shakespeare anplwaye mo anglè, *«temper»* nan yon jwèt ak mo, ki, apa de "prepare," vle di «modere» tou. Sa fè alizyon a jan Jilyèt ap chache modere, oswa redui fòs pwazon an.

20. Dwèt mwen ap grate m: Sa vle di li anvi bay Jilyèt yon kou.

21. M va eskize w: La a, fraz sa a gen sans iwonik, ki vle di papa a ap pase Jilyèt nan betiz, kòmsi pou l di l: «M va ba ou pèmisyon pou ou al fè wout ou.»

22. Paske l kite latè a: Nan fraz sa a Jilyèt ap di kijan pou l fè
marye ankò san se pa mari li, Romeo, ki mouri pou l fè ve
li te fè l la anile.

Ak IV

Sèn I

Ofis Frè Loran

Frè Loran ak Kont Paris antre

Frè Loran: Jedi, Mesye? Tan an kout anpil.

Paris: Se konsa papa m, Kapilèt, vle li; e mwen pa vle fè anyen lant pou m retade anpresman l.

Frè Loran: Ou di ou pa konnen sa k nan lide Dam nan. Pakou a pa apla; m pa renmen sa.

Paris: L ap kriye pou Tibo san moderasyon, epi, konsa, se yon ti kras sèlman m pale de lanmou; paske Venis pa souri nan yon kay ki gen dlo nan je. Kounye a, Mesye, papa l panse li danjre pou l kite chagren li dominen l konsa; e nan sajès li, li pouse fè maryaj nou an pou sispann lavalas dlo nan je li a, ki, absòbe l twòp lè l poukont li, a kapab soti sou li nan konpayi lasosyete. Kounye a ou konnen rezon pou mache vit la.

Frè Loran *(Apa.):* M swete m pa t konn rezon pou kisa li te dwe ralanti a. Gade, Mesye, men dam nan k ap vini nan ofis mwen an.

(Jilyèt antre.)

Paris: M kontan rankontre ak ou, Chè dam, e madanm mwen!

Jilyèt: Petèt sa ta kapab, Mesye, lè m ta vin yon madanm marye.

Paris: «Petèt» sila a, dwe rive, amou, jedi pwochen.

Jilyèt: Sa k dwe rive va rive.

Frè Loran: Se yon verite ki sèten.

Paris: Èske ou vini pou fè konfesyon w bay Pè sa a?

Jilyèt: Pou m reponn sa, fò m ta konfese ba ou.

Paris: Pinga ou nye ou renmen m devan li, non.

Jilyèt: M va konfese ba ou pou m di mwen renmen li.

Paris: Menm jan, m sèten ou va konfese pou di ou renmen mwen.

Jilyèt: Si m fè li, li va gen plis valè, dèske pawòl la pale dèyè do w, olye de anfas ou.

Paris: Pòv nanm, figi ou ravaje anpil anba dlo nan je.

Jilyèt: Dlo je yo ranpòte yon ti viktwa nan sa, paske li te ase mal anvan ravaj yo an.

Paris: Ou fè l plis tò ak rapò sa a pase dlo nan je yo.

Jilyèt: Se pa yon kalomni, Mesye, se yon verite; e sa m di a, m di l nan figi mwen.

Paris: Figi ou se pou mwen li ye, e ou kalomye li.

Jilyèt: Sa kapab vre, paske li pa pa mwen. Èske ou lib kounye la a, Pè Sen, oswa èske m dwe vin jwenn ou lè lamès diswa a?

Frè Loran: Lwazi mwen a dispozisyon m kounye a, pitit fi reflechi mwen. Ekselans mwen, nou dwe fè rekèt pou yon moman poukont nou.

Paris: Bondye prezève m, pou m ta twouble devosyon! Jilyèt, jedi bonè, m va reveye ou. Ann atandan, orevwa, e kenbe beze beni sila a.

(Li soti.)

Jilyèt: O, fèmen pòt la! E lè ou fin fè sa, vin kriye ak mwen—plis espwa, plis solisyon, plis èd!

Frè Loran: A, Jilyèt, m deja konnen chagren ou; li fatige m depase limit entelijans mwen. M konnen jedi pwochen, e anyen pa kab anpeche li, ou gen pou marye ak Kont sila a.

Jilyèt: Pa di mwen, Frè, ou tande pawòl sa a pale, sòf pou di m jan pou m ka anpeche li. Si nan sajès ou, ou pakab ban m okenn èd, deklare rezolisyon m nan saj sèlman, e avèk kouto sila a, m va remedye l menm lè a. Bondye kole kè m ak kè Romeo ansanm, ou menm ou kole men nou; e anvan men sila a, ou mete so sou li ansanm ak pa Romeo an, t a siyen yon lòt kontra, oswa pou kè lwayal mwen an ta fè yon revòl trèt pou l tounen nan direksyon yon lòt, sa a va tiye yo toulède. Konsa, nan pwofondè tan anpil eksperyans ou, ban mwen kèk konsèy koulye la a, sinon, gade, ant difikilte ekstrèm mwen an avèk mwen, kouto sanglan sa a va jwe wòl abit la. Li va fè abit ant sa otorite laj ou ak konesans ou pa t kapab fè pou prezante yon rezolisyon vrèman onorab pou pwosè a. Pa pran anpil tan konsa pou pale. M dezire mouri si sa ou gen pou di a pa pale de yon solisyon.

Frè Loran: Sispann, pitit fi mwen. Mwen apèsi yon espès de espwa, ki mande yon egzekisyon dezespere otanke bagay dezespere n ap eseye prevni an. Si, olye pou marye ak Kont Paris, ou gen volonte fò pou w tiye tèt ou, li pwobab ou t a oze afwonte imaj lanmò pou repouse dezonè, ou menm, ki, pou chape li, vle pwovoke lanmò limenm nan. Enben, si ou gen kalite kouraj sa a, m va ba ou yon remèd.

Jilyèt: O! Olye pou m t a marye ak Paris, di m pito pou m t a lage kò m sot sou fòtrès nenpòt kèl tou, oswa mache nan chemen k plen vòlè; oswa pou m kache kote koulèv ye, anchennen m avèk lou k ap rele, oswa fèmen m chak swa nan kay chanèl, kouvri kouleba ak zo moun mouri k ap frape youn ak lòt, avèk vyann santi ak zo tèt jòn san machwa. Oswa mande m pou ale nan yon fòs yo fèk fouye, epi pou m kache ak yon mò nan menm dra a—fè bagay menm lè m tande yo sèlman te konn fè m tranble—e mwen ta fè yo san krentif, san ezite, pou m sa rete san tach, antanke madanm marye amou cheri m nan.

Frè Loran: Konsa, koute: rantre lakay ou, mete kè kontan w sou ou, bay konsantman ou pou marye ak Paris. Demen se mèkredi. Demen swa, fè ansòt pou kouche poukont ou; pa kite enfimyè a kouche nan chanm nan avèk ou. Pran flakon sa a lè ou nan kabann ou, epi bwè likè distile sila a; menm lè a yon sansasyon fredi te asoupi va kouri nan tout venn ou yo, paske pa gen okenn batman ki va kapab kenbe pwogrè natirèl yo, men yo va sispann. Okenn chalè, okenn souf, va temwaye pou di ou vivan. Koulè woz ki nan po bouch ou ak nan bò figi w la, va pali, vin tankou sann blèm; fenèt zye ou va fèmen tankou lanmò lè l fèmen jounen lavi. Chak pati, lè yo pa genyen fòs lavi a pou kenbe yo soup, va vin rèd, san souplès, ak frèt, yo va sanble ak lanmò. E, nan aparans lanmò ratresi sila a li prete a, ou va kontinye pou karantuitè, epi ou va reveye tankou se te nan yon somèy ki agreyab ou te ye. Kounye a, lè misye marye a vini nan maten pou reveye w nan kabann ou, men ou la a, mouri. Epi, nan fason jan yo fè nan peyi nou an, ak pi bèl rad ou, dekouvri sou sèkèy la, yo va pote w nan menm ansyen kavo kote tout lafanmi Kapilèt yo kouche a. Antretan, anvan preparasyon pou reveye ou, Romeo va aprann plan nou an nan lèt mwen, e l a vin la a, e limenm ak mwen va gade ou k ap reveye, e swa sa a menm, Romeo va pran ou la a, li mennen ou ale Mantou. E sa va libere ou de dezonè ou fè fas a li a, si okenn jwèt vire de bò oswa lakrentif fanm pa amòti kouraj ou lò lè a rive pou pran aksyon.

Jilyèt: Ban mwen l, ban mwen l! O, pa pale m de krentif.

Frè Loran: Kenbe! Ale fè wout ou, kenbe fèm, kenbe fò nan rezolisyon ou. M va voye yon Frè Mantou ak tout vitès ak lèt mwen pote bay Ekselans ou an.

Jilyèt: Lanmou, ban m kouraj! E kouraj va ban mwen èd. Orevwa, Chè Frè.

(Li soti avèk Frè a.)

Sèn II

Lakay Kapilèt yo

Kapilèt, Madan Kapilèt, ak Enfimyè
nouris la antre ak de ou twa Valè[1]

Kapilèt: Invite tout moun sa yo ki ekri la a.

(Yon Valè soti.)

Mouche, al lwe ven bon jan kuizinye ban mwen.

Valè: Ou p ap gen youn ki pa bon, Mesye, paske m ap eseye yo pou m wè si yo kab niche dwèt yo.

Kapilèt: Kijan ou kab eseye yo pou wè sa a?

Valè a: Vrèman, Mesye, se yon move kuizinye ki pa kab niche pwòp dwèt li. Konsa, sa ki pa kapab niche dwèt yo pa prale ak mwen.

Kapilèt: Bon, ale.

(Valè a soti.)

Nou p ap prepare anpil menm fwa sa a. Enben, èske pitit fi m nan ale lakay Frè Loran an?

Enfimyè nouris la: Wi, vrèmanvre.

Kapilèt: Enben, se posib li kapab gen yon bon enfliyans sou li. Se yon chanbrèy movemès, tètdi.

(Jilyèt antre.)

Enfimyè nouris la: Gade jan l ap vini li sot konfese ak kè kontan nan figi l.

Kapilèt: Enben, tètdi m nan, kote ou sot al balade la a?

Jilyèt: Kote m aprann pou m repanti pou peche dezobeyi-sans mwen nan reziste kont ou menm ak kont lòd ou; e venerab Frè Loran kòmande m pou m tonbe atè la a pou m mande ou padon. Mwen mande ou padon! Apati de jodi a, m ap kite ou dirije m nèt.

Kapilèt: Voye chache Kont lan. Al di l sa. M va fè ne sa a mare demen maten.

Jilyèt: Mwen te rankontre jèn Ekselans lan nan ofis Loran an, e mwen temwaye li amou ki te konvenab pou m bay, san m pa depase limit bagay ki konfòm.

Kapilèt: Enben, m byen kontan pou sa. Se byen. Kanpe. Se konsa sa dwe fèt. Kite m wè Kont lan. A, vrèman, m di ale, chache l mennen l la a. Konsa, devan Bondye, Reveran Sen Frè sila a, tout vil la nèt redevab anpil anvè li.

Jilyèt: Enfimyè, èske w vle ale avèk mwen nan chanm prive m pou ede m chwazi òneman nesesè ou panse ki ta konvenab pou pare m pou demen.

Manman an: Non, pa anvan jedi. Gen ase tan.

Kapilèt: Enfimyè, ale, ale avèk li. Nou va al legliz la demen.

(Jilyèt ak Enfimyè nouris la soti.)

Manman an: Tan nou pral kout pou preparasyon nou. Li prèske aswè kounye a.

Kapilèt: Sispann. M pral sekwe kò m, epi tout bagay pral byen, m garanti ou sa, Madanm mwen. Ale jwenn Jilyèt, ede l pare l. M pa pral kouche aswè a; kite m poukont mwen. M ap jwe wòl mètrès kay la pou fwa sa a. Hey, Alo! Yo tout soti; enben, m va mache mwen menm al kot Kont Paris, pou m prevni l pou demen. Se etonan, kè m leje depi tifi dezòdone sa a rantre nan wòl li.

(Li soti ak manman an.)

Sèn III

Jilyèt antre ak Enfimyè a

Jilyèt: Wi, se rad sa yo ki mye. Men, Enfimyè janti, m priye ou, kite m poukont mwen aswè a; paske m bezwen anpil lapriyè pou pouse syèl la pou l souri sou eta mwen, ki, ou konnen byen, gen pwoblèm, ak plen peche.

(Manman an antre.)

Manman an: Alo, ou okipe? Èske ou bezwen èd mwen?

Jilyèt: Non, Madam; nou chwazi bagay nesesè k apwopriye pou okazyon nou an demen. Konsa, silvouplè, kite m rete poukont mwen kounye la a, e kite Enfimyè a chita avèk ou aswè sa a, paske m sèten nou tout gen men nou ranpli akoz sitiyasyon mache vit sila a.

Manman an: Bòn nuit. Ale nan kabann, epi repoze ou, paske ou bezwen li.

(Manman an soti ak Enfimyè a.)

Jilyèt: Orevwa! Bondye sèl ki konnen kilè nou va wè ankò. M genyen yon lapè frèt, vag, k ap frisonnen nan venn mwen, ki prèske jele chalè lavi a. M ap rele yo ankò pou yo rekonfòte m. Enfimyè! Kisa pou l ta ka fè la a? M dwe akonpli sèn makab mwen an poukont mwen. Flakon, vini. E si posyon sa a pa travay ditou? Konsa, èske fò m marye demen maten? Non, non. Sa a va anpeche li. Kouche kò w la a.

(Li depoze yon ponya la.)

E si sa a se yon pwazon Frè a ban mwen anba chal pou fè m mouri, paske maryaj sa a va dezonore li, paske l te marye m anvan avèk Romeo? Mwen krenn se sa; men, malgre sa, m panse se pa kab sa, paske li te toujou bay prèv li se yon nonm sen. E si, lè yo depoze m nan tonm nan mwen reveye anvan lè pou Romeo vini pou l delivre m nan? Men yon lide ki fè pè! Konsa, èske m p ap sifoke nan kavo an, kote k pa gen okenn lè pi ki antre nan bouch malsen l lan, e la, m mouri toufe anvan Romeo m nan vini? Oubyen, menm si m viv, èske se pa trè pwobab lide terib lanmò ak lannuit, ansanm avèk terè andwa a ban mwen an—etandone m ap nan yon kavo, yon ansyen kote, ki, depi plizyè santèn ane ap resevwa zo tout zansèt mwen yo ki antere ak antase la? Kote Tibo plen ak san, ki vèt nan tè a toujou, kouche ap pouri nan dra lanmò li; kote, tankou yo di, rive yon lè nannuit, lespri yo rasanble—Elas, elas, èske se pa pwobab, mwen menm, si m reveye anvan lè m—nan mitan movèz odè, ak rèl tankou bri mandragò[2] ki rache soti nan tè a; ki, mòtèl ki vivan, lè yo tande li, kouri ak foli—Oswa, si m reveye, èske m p ap distrè, antoure ak tout krentif terib sa yo, epi nan foli mwen, mwen jwe ak jwenti zansèt mwen yo, epi mwen rale Tibo tou kraze soti nan dra lanmò li, epi, nan raj sila a, avèk kèk zo yon gran manm fanmi mwen, kòmsi se te ak yon baton, mwen kase sèvèl dezespere mwen an? O, gade! M panse m wè lespri kouzen mwen an k ap pousuiv Romeo, ki te fè twou nan kò li avèk pwent yon epe. Sispann, Tibo, sispann! Romeo, m ap vini! M ap bwè sa a onon de ou menm.

(Li tonbe sou kabann li dèyè yon rido.)

Sèn IV

Mètrès kay la antre avèk Enfimyè nouris la

Madan Kapilèt: Enfimyè, men, pran kle sa yo, epi al chache plis epis.

Enfimyè nouris la: Yo mande pou dat ak pwa[3] nan patiseri a.

(Kapilèt antre.)

Kapilèt: Annavan! Bouje, bouje, bouje! Dezyèm kòk la chante; klòch kouvrefe a sonnen; li twazè, kenbe zye sou vyann ki nan fou an, Bon Anjelik; pa epaye okenn depans.

Enfimyè nouris la: Ale, gasonmakòmè, ale. Ale nan kabann ou! Vrèmanvre, ou va malad demen paske w fè vèy aswè a.

Kapilèt: Pa ditou. Kisa! Mwen konn pase nuit nèt ap fè vèy pou mwens rezon, e m pa janm malad.

Madan Kapilèt: Wi, ou te konn chase sourit nan tan pa w; men, m va veye sou ou pou pa fè vèy konsa kounye a.

(Madan Kapilèt soti avèk Enfimyè nouris la.)

Kapilèt: Ou met chapo jalouzi, ou met chapo jalouzi!

(Twa a kat gason k ap sèvi antre avèk fouch, bwa, ak panye.)

Enben, mouche, sa sa yo ye?

Premye gason an: Bagay pou kuizinye a, Mesye; men m pa konnen kisa yo ye.

Kapilèt: Fè vit; fè vit.

(Premye gason an soti.)

Mouche, al chache bwa ki pi sèk. Rele Pyè; li va montre ou kote yo ye.

Dezyèm gason an: Mesye, mwen genyen yon tèt ki va jwenn bwa san m pa janm anbete Pyè pou bagay konsa.

Kapilèt: Onon de Lamès, ou reponn byen. Aa, yon pitit awona kè kontan! Ou va vin chèfbwa.

(Dezyèm gason an soti avèk rès moun yo.)

Bon Papa mwen! Li jou. Kont la ap vin la a toutalè avèk mizik, paske se sa l te di l ap fè.

(Bri Mizik)

M tande l toupre a. Enfimyè! Madanm mwen! Alo! Enfimyè, mwen di!

(Enfimyè a antre.)

Al leve Jilyèt; al abiye l byen. M va al pale ak Paris. Vit, fè vit, fè vit! Misye-marye a, la p vini deja: Fè vit, mwen di.

(Li soti, Enfimyè a soti al bò rido yo.)

Sèn V

Enfimyè nouris la: Mètrès! Alo, mètrès! Jilyèt! Li nan pwofon somèy, m garanti li. Alo, mouton! Alo, Madam! Vit, paresèz. M di, alo, amou! Madam! Cheri! Alo, lamarye! Kisa, pa yon sèl mo? W ap pran pou tout lajan ou kounye a. Dòmi pou yon semèn; paske pou nuit pwochen an, m garanti, Kont Paris pran desizyon se yon ti repo sèlman ou va pran. Se pou Bondye padone m! Onon de Mari, e amèn. Ala l ap dòmi di! Fò m reveye l. Madam, Madam, Madam! Wi, kite pou kont la vin pran w nan kabann ou. Li va fè ou sote ou leve, an verite. Se pa vre?

(Li ouvri rido yo.)

Kisa, abiye, epi ak tout rad sou ou, ou kouche ankò? Fò m reveye ou. Madam! Madam! Madam! Elas, elas! O sekou, osekou! Madanm mwen an mouri! O, malè pou mwen dèske m te janm fèt! Alo, yon ti Odevi! Ekselans! Mètrès!

(Manman an antre.)

Madan Kapilèt: Ki bri sa a ki genyen la a?

Enfimyè nouris la: O, jou terib!

Madan Kapilèt: Sa k genyen?

Enfimyè nouris la: Gade, gade! O, jou tristès!

Madan Kapilèt: O, Syèl O, Syèl! Pitit mwen an, tout vi mwen an! Reviv, ouvri zye ou, sinon m ap mouri ak ou! O sekou, o sekou! Rele anmwe.

(Papa a antre.)

Kapilèt: Se yon wont, mennen Jilyèt vini; Ekselans li an vini.

Enfimyè nouris la: Li mouri, desede; li mouri, elas, elas!

Madan Kapilèt: Elas, li mouri; li mouri, li mouri!

Kapilèt: A a! Kite m wè li. Elas, se fini! Li frèt; san l jele e manm li yo rèd. Lavi separe lontan avèk po bouch sila yo. Lanmò kouvri li tankou yon glas anvan lè li sou pi bèl flè nan tout chan an.

Enfimyè nouris la: O jou lamantab!

Madan Kapilèt: O, tan malè!

Kapilèt: Lanmò, ki pran l retire l la a, pou fè m rele a, mare lang mwen, e li pa vle kite m pale.

(Frè Loran antre ak Kont Paris, avèk mizisyen.)

Frè Loran: Annavan, èske lamarye a pare pou l al legliz?

Kapilèt: Li pare pou l ale, men pou l pa janm retounen. O, pitit gason mwen, nuit anvan jou maryaj ou an, Lanmò kouche ak madanm ou. Men l kouche la a; flè ke l te ye, li de-fleri li. Lanmò se bofis mwen; Lanmò se eritye mwen; li marye avèk pitit fi m nan. M ap mouri, e m kite tout bagay pou li. Lavi, viv, tout se pou Lanmò.

Paris: Èske m te espere tout tan sa a pou m wè figi maten sila a, epi èske se yon figi konsa li ban mwen?

Madan Kapilèt: Jou modi, malere, mizerab, rayi! Epi ki pi lamantab, pi mizerab pase sa tan te janm wè nan pakou travay tout pelerinaj li! Men yon sèl la, yon sèl pòv la, sèl pòv pitit cheri an, yon sèl grenn bagay ki pou rejwi ak konsole m nan, epi lanmò kriyèl rale l pran l devan zye m.

Enfimyè nouris la: O, doulè, O, jou doulè, doulè, doulè! Jou ki pi lamantab, ki bay plis doulè pase okenn jou m te janm wè! O, jou, O, jou, O, jou! Jou m rayi! Yon jou ki pi nwa pase sa a, moun pa janm wè. O, jou doulè! O, jou doulè!

Paris: Desi, divòse, frape, akable, asasinen! Lanmò ki pi detestab, ou fè m desepsyon, kriyèl, kriyèl, ou detwone mwen. O, lanmou! O, lavi! Pa lavi non, men, lanmou nan lanmò!

Kapilèt: Meprize, dezole, rayi, matirize, touye! Tan detrès, pou kisa ou vini kounye a pou detwi, detwi selebrasyon nou an? O, pitit, O, pitit! Nanm mwen, e pa pitit mwen an! Ou mouri—elas, pitit mwen an mouri, e avèk pitit mwen an, lajwa mwen antere!

Frè Loran: Silans, he, nou pa wont! Remèd dezas pa viv nan dezas sila yo. Lesyèl pataje bèl jèn fi sa a avèk nou—kounye a, lesyèl genyen tout, e se mye pou jèn fi a. Pati pa nou, nou te genyen ladan l nan, nou pa t kab anpeche lanmò pran l; men, lesyèl kenbe pa l la nan lavi etènèl. Sa ou te pi swete se te avansman l, sete lesyèl pou nou, pou n te wè l avanse; e n ap kriye kounye a, dèske n wè l avanse pi wo pase nyaj yo, rive wotè syèl la li menm? O, nan lanmou sa a, nou renmen pitit nou an tèlman mal nou vin fou, dèske nou wè l byen. Moun ki viv marye lontan, sa pa vle di li byen marye; men, moun ki marye jèn ki mouri, li marye pi byen. Esiye dlo nan je nou, epi tache yon branch womaren[4] sou bèl kò sa a, epi, dapre koutim nan, pote l legliz nan tout pi bèl etalaj li. Paske kwak feblès lanati mande nou tout pou nou kriye, kanmèm dlo je lanati se rejwisans rezònman.

Kapilèt: Tout bagay nou te deziyen pou fèt, tounen soti nan wòl yo, pou fè fineray nwa—enstriman nou yo, pou klòch tristès; rejwisans nòs nou tounen fèt antèman tris; kantik solanèl chanje tounen chan dèy; flè maryaj nou sèvi pou kadav antèman; e tout bagay chanje pou lekontrè.

Romeo ak Jilyet

Frè Loran: Mesye, antre anndan; epi, Madam, ale avèk li; epi, Mesye Paris, ale. Tout moun prepare pou n suiv bèl kò sa a nan tonm li. Lesyèl peze sou nou pou kèk mal; pa pouse l plis nan pran pozisyon kont volonte siprèm li.

(Yo soti, sòf mizisyen yo ak Enfimyè nouris lan, tout y ap voye womaren sou li, e yo fèmen rido yo.)

Premye Mizisyen: Anverite, nou te mèt sere flit nou yo, nou ale.

Enfimyè nouris la: A, bon mesye mwen yo, sere yo, sere yo! Paske nou konnen byen sa a se yon ka ki fè pitye.

Premye Mizisyen an: Wi, vrèmanvre, m swete ka a te kapab chanje.

(Pyè antre.)

Pyè: Mizisyen yo, O, mizisyen yo, «Kè kontan», «Kè kontan»! O, si n ta vle wè m viv, jwe, «Kè kontan.»

Premye Mizisyen an: Pou kisa «Kè kontan» an?

Pye: O, Mizisyen yo, paske kè mwen li menm ap jwe «Kè mwen Plen Tristès.» O, jwe kèk konplent rejwisans pou konsole m.

Premye Mizisyen an: Pa yon konplent nan men nou! Se pa lè pou jwe kounye la a.

Pyè: Konsa, nou pa p fè li?

Premye Mizisyen an: Non.

Pyè: Alò, m pral ban nou l byen.

Premye Mizisyen an: Kisa ou pral ban nou an?

Pyè: Okenn lajan, m jire sou lafwa mwen, men, pase nan betiz. M va ban nou twoubadou vagabon.

Premye Mizisyen an: Alò, m va ba ou domestik k ap sèvi.

Pyè: Konsa mwen va mete ponya domestik k ap sèvi a nan tèt nou. M p ap sipòte kòchèt nou yo. M va re[5] nou, m va fa nou. Nou pran nòt mwen?

Premye Mizisyen an: Lè ou ban nou re nou ak fa nou an, se ou ka pran nòt nou.

Dezyèm Mizisyen an: Tanpri sere ponya w la, epi mete lespri ou deyò.

Pyè: Konsa, an gad avèk lespri mwen! M va bat nou sèk avèk espri ann asye mwen an, epi sere ponya an fè mwen an. Reponn mwen tankou gason.

Lè yon doulè ki kranponnen blese kè a,

Epi yon konplent tris akable sèvo a,

Lè sa a, mizik, ak son ann ajan li yo—

Pou kisa «Son ann ajan»? Pou kisa «Mizik avèk son ann ajan»? Kisa ou di, Simon Fil Zantray Chat?

Premye Mizisyen an: O non de Mari, Mesye, paske lajan genyen yon son dous.

Pyè: Bèl! Kisa ou di, Ig Vyolon a Twa Fil?

Dezyèm Mizisyen an: Mwen di, «son ann ajan» paske mizisyen bay son pou lajan.

Pyè: Bèl tou! Kisa ou di, Jak Pon Sipò Vyolon?

Twazyèm Mizisyen an: M jire sou fwa mwen, m pa konn sa pou m di.

Pyè: O, m kriye pou m mande n gras! Se ou ki chantè a. M va di l pou ou. Se, «Mizik avèk son ann ajan li» paske mizisyen pa gen okenn lò poutèt yo jwe mizik.

Romeo ak Jilyet

«Alò, mizik avèk son ann ajan li

Pote remèd li byen vit»

(Li soti.)

Premye Mizisyen an: Ala yon salopri pès, li ye, sila a!

Dezyèm Mizisyen an: Se pou yo pann li, Jak! Vini, ann antre la a, ret tann konvwa a, epi ann rete pou dine.

Nòt pou Ak IV

1. Valè: Gason k ap sèvi mèt ak mètrès kay la.

2. Mandragò: Yon plant nakotik ki gen rasin ni ki tankou fòm yon kò imen. Li sanse fè yon bri ki rann moun fou lè yo derasinen l.

3. Pwa/Pwar: Mo ki anplwaye la a se yon fwi ki rele *«quince»* ann anglè, e, *«coing»* an fransè. Se yon fwi jòn ki sanble ak yon pwa *(poire)*.

4. Womaren: Yon plant ki senbolize souvni.

5. Re: La a, Pyè ap fè yon jwèt ak mo ak nòt mizik yo (do re mi fa sòl la si).

Ak V

Sèn I

Yon ri nan Mantou

Romeo antre

Romeo: Si m kapab fye verite flatè somèy bay yo, rèv mwen yo endike kèk nouvèl rejwisans ki pwòch. Seyè pwatray[1] mwen an, chita byen leje sou twòn li, epi tout lajounen an, yon santiman mwen pa familye ak li, leve m anwo depase atè a avèk panse ki fè kè kontan. Mwen reve konsa dam mwen an vini, li jwenn mwen mouri (Rèv etranj ki pèmèt yon nonm mouri pou li panse!) Epi, avèk beze li bay sou bouch mwen, li anime yon tèl lavi nan mwen, mwen reviv e mwen te yon anperè. A! Ala dous lanmou dous lò yo posede l, lè, atò lonbray lanmou sèlman, tèlman rich avèk rejwisans!

(Valè Romeo a, Baltaza, antre ak bòt li.)

Nouvèl ki soti Vewòn! Sak pase, Baltaza? Èske ou pa pote lèt Frè a voye ban mwen? Kijan dam mwen an ye? Èske papa m byen? Kijan Jilyèt mwen an ap degaje l? M mande sa ankò paske anyen pa kab mal si li byen.

Valè a: Konsa li byen, e anyen pakab mal. Kò l ap dòmi nan moniman Kapèl la, e pati imòtèl li ap viv avèk zanj yo. Mwen wè lè yo mete l anba nan kavo zansèt li yo, e mwen lwe cheval menm lè a pou m di ou sa. O, eskize m dèske m pote move nouvèl sila yo, etandone ou te kite sa kòm travay mwen, Mesye.

Romeo: Se konsa sa ye vre? Enben, zetwal, mwen repouse nou! Ou konn kote m rete. Pote lank ak papye ban mwen, epi lwe cheval. M pral la aswè a.

Valè a: M priye ou, Mesye, pran pasyans. Aparans ou pal ak dezekilibre, e li sijere kèk malè.

Romeo: Sispann, ou twonpe w. Kite mwen, epi fè sa m mande ou fè a. Èske ou pa gen okenn lèt Frè a voye ban mwen?

Valè a: Non, bon Ekselans mwen.

Romeo: Sa pa fè anyen. Al fè wout ou epi lwe cheval yo. M ap vin jwenn ou tousuit.

(Baltaza soti.)

Enben, Jilyèt, m va kouche avèk ou aswè a. Ann wè pa ki mwayen. O, move bagay, ala rapid ou rapid pou antre nan panse gason ki dezespere! Mwen sonje vre yon famasyen, ki rete nan zòn nan, mwen te remake l dènèyman an avèk rad ranyon, ak sousi l fonse, k ap triye fèy. Li te parèt mèg, lamizè di te manje l jis nan zo; e nan boutik pòv li a te gen yon tòti ki rakwoche, yon kayiman ki boure, ak lòt po pwason ki defòme. E sou etajè l yo, yon koleksyon chich bwat vid, po fèt ak ajil vèt, vesi, epi grenn ki mwazi, rès fisèl, ak vye gato petal woz, te epapiye lejèman pou fè efè. Lè m remake mankman sa a, m di tèt mwen, «Si yon moun te bezwen yon pwazon kounye la a, e vann li ta lanmò menm lè a nan Mantou, men yon pòv mizerab ki viv la a ki ta ka vann li li.» O, panse sa a menm, te devanse bezwen m sèlman, e fò menm misye pòv sa a vann mwen li. Jan m te sonje l la, se sa a ki dwe kay la. Kòm se yon jou fèt, boutik mandyan an, fèmen. Ey! Alo! Famasyen!

(Famasyen an antre.)

Famasyen an: Ki moun sa a k ap rele fò konsa a?

Romeo: Vin bò la a, Mesye. Mwen wè ou pòv. Kenbe, men karant dika. Ban m yon dòz pwazon, youn ki travay si vit li va gaye kò l atravè tout venn yo, dekwake moun ki bouke viv la, va tonbe l mouri, e kò a va chase souf la soti ak menm vyolans ak rapidite yon poud ki tire kouri soti nan vant yon kanon fatal.

Famasyen an: Medikaman mòtèl konsa, mwen genyen yo; men lalwa nan Mantou se lanmò pou nenpòt moun ki mete yo a dispozisyon moun.

Romeo: Èske ou tèlman nan bezwen e ranpli ak lamizè, epi ou pè lanmò? Dizèt nan figi ou, bezwen ak soufrans ann agoni nan zye ou, degoutans ak pòvrete ap pann sou do w: Lemonn pa zanmi ou, ni lalwa lemonn nan non plis tou. Lemonn pa akòde okenn règleman pou rann ou rich; konsa pa pòv ankò, men vyole li, epi pran sa a.

Famasyen an: Pòvrete mwen, men pa volonte m non, konsanti.

Romeo: M ap peye pòvrete w, pa volonte w.

Famasyen an: Mete sa a nan nenpòt bagay likid ou vle, epi bwè tout li, e si ou te gen fòs ven gason, li t a espedye ou menm lè a.

Romeo: Men lò ou—se pi gwo pwazon pou nanm moun; li fè plis asasina nan monn degoutan sila a, pase pòv posyon sila yo, sa ou pa kapab vann yo. Mwen vann ou pwazon; ou pa vann mwen okenn. Orevwa. Achte manje epi mete vyann sou ou. Vini, kòdyal, pa pwazon non, ale avèk mwen sou tonm Jilyèt; paske m va anplwaye ou la.

(Yo soti.)

Sèn II

Ofis Frè Loran

Frè Jan antre, li adrese Frè Loran

Frè Jan: Sen Frè Fransisken; alo Frè!

(Frè Loran antre.)

Frè Loran: Sa a dwe vwa Frè Jan. Kite m akeyi w sot Mantou. Kisa Romeo di? Oswa, si l esprime lide l ann ekri, ban mwen lèt li.

Frè Jan: M te ale ala rechèch yon Frè san soulye, youn ki nan menm lòd ak nou, pou akonpaye m isit nan vil la nan vizite moun malad, e lè m jwenn li, enspektè vil yo, ki sispèk nou toulède te nan yon kay kote enfeksyon lapès t ap reye, yo sele pòt yo, e yo refize kite n soti, dekwake sa anpeche m ale Mantou tousuit.

Frè Loran: Konsa, kiyès ki pote lèt mwen an bay Romeo?

Frè Jan: M pa t ka voye li—men li ankò—ni m pa t kab jwenn yon mesaje pou pote l ba ou tèlman yo te pè enfeksyon.

Frè Loran: Move malchans! O non de fratènite mwen an, lèt la pa t ensiyifyan, men li te plen bagay enpòtan, bagay ki trè konsekan; e reta sa a kapab pote anpil danje. FrèJan, soti, al chache yon kwòk an fè, epi pote l ban mwen nan ofis mwen an tousuit.

Frè Jan: Frè, m prale, e m ap pote l ba ou.

(Li soti.)

Frè Loran: Kounye a m dwe al sou moniman an pou-kont mwen. Nan twazè d tan bèl Jilyèt pral reveye. Li va reprimande m anpil dèske Romeo pa t okouran de tout bagay sa yo ki rive yo. Men, m va ekri Mantou ankò, epi kenbe l nan ofis mwen jiskaske Romeo vini—Pòv kadav vivan, fèmen nan tonm yon moun mouri!

(Li soti.)

Sèn III

Yon simityè nan Vewòn

Paris antre avèk yon paj[2] li k ap pote
yon tòch avèk flè, ak dlo pafen

Paris: Ban mwen tòch ou an, tigason. Soti la a, epi kanpe
a leka. Olye de sa, etenn li, paske m pa vle moun wè m.
Al kouche anba pye if[3] toutolon laba la yo. Kenbe zòrèy
ou alekout pwòch atè sakre a. Konsa, okenn pye p ap
mache nan simityè a (paske li ramoli, li pa fèm, akoz fòs
yo fouye yo) san ou pa tande li. Lè sa a, sifle ban mwen,
kòm yon siyal ou tande yon bagay ap apwoche. Ban
mwen flè sa yo. Fè sa m di ou fè a; ale.

Paj la *(Poukont li)*: M prèske pè pou m rete kanpe poukont
mwen isit nan simityè a; kanmèm m va riske li.

(Li retire kò li.)

Paris: Flè dous, mwen simen flè sou kabann maryaj ou
(O, malè! Kouvèti ou se pousyè ak wòch), m va awoze
chak nuit ak dlo pafen, oswa, lè m pa gen sa, avèk dlo nan
je ki distile avèk jemisman. Sèvis fineray sa yo, mwen va
kenbe pou ou yo, se va sa a: chak nuit, m va simen sou
tonm ou epi m kriye.

(Tigason an sifle.)

Tigason an bay yon avètisman gen yon bagay k ap
pwoche. Ki pye modi k ap montedesann bò la a aswè a
pou l twouble sèvis fineray mwen ak rityèl veritab amou
mwen an? Kisa, avèk yon tòch? Nannuit, vwale mwen
pou yon moman.

(Li rale kò li, Romeo ak Baltaza antre ak yon tòch, yon pik, ak yon kwòk an fè.)

Romeo: Ban mwen pik la avèk kwòk fè a. Men; kenbe lèt sa a. Demen maten bonè, fè dekwa pou remèt li bay Ekselans papa mwen an. Ban mwen limyè a. M jire sou vi ou, men lòd m ap ba ou: nenpòt sa ou wè oswa ou tande, rete a leka nèt e pa entewonp mwen nan zafè mwen. Rezon k fè m ap desann nan kabann lanmò sila a, an pati, se pou m ka wè figi dam mwen an, men sitou, se pou m pran nan dwèt san vi li an, yon bag ki presye—yon bag m gen pou m anplwaye nan yon izaj ki chè pou mwen. Konsa, soti la a, ale. Men, si nan kirye ou, ou retounen pou fè jouda, pou wè sa m gen entansyon fè ankò, m jire sou syèl la, m va dechire ou moso pa moso, e blayi manm ou yo sou tout simityè grangou sila a. Entansyon m fawouch menm jan ak moman an; li pi terib, e li inevitab pi plis ankò, pase tig ki grangou, oswa lanmè k ap gwonde.

Baltaza: M prale, Mesye, e m p ap ba w pwoblèm.

Romeo: Se konsa ou va montre m amitye ou. Pran sa[4] a. Viv, e m mande pou pwospere; e, orevwa bon moun mwen.

Baltaza *(Apa poukont li)*: Kanmèm, m pral kache nan alantou la a. Rega li fè m pè, e m doute entansyon l.

(Li soti.)

Romeo: Ou menm, dyòl detestab, ou menm, matris lanmò, boure ak mòso latè a genyen ki pi presye, se konsa m ap fòse machwè pouri ou ouvè, e pou m ofanse ou, m va foure plis manje anndan ou.

(Romeo ouvri tonm nan.)

Paris: Sa a se Montegyou, awogan ki bani an, li menm ki asasinen kouzen anmoure m nan—ki lakoz chagren yo gen soupson ki tiye bèl kreyati a—e li vin la a pou l fè kò mouri yo kèk wonte detestab. M pral rete li. Salopri Montegyou, sispann travay malsen ou lan! Èske yo kapab pouswiv vanjans pi lwen pase lanmò? Salopri kondane, mwen arete ou. Obeyi, epi vini ak mwen; paske ou dwe mouri.

Romeo: Wi m dwe fè l vre; e se poutèt sa m vin la a. Jenòm janti, pa tante yon nonm ki dezespere. Vole soti la a, epi kite mwen. Reflechi sou sila yo ki ale yo; kite yo fè ou pè. M enplore ou, jenòm, pa mete yon lòt peche sou tèt mwen nan pouse m vin dechennen. O, al fè wout ou! Onon de syèl la, m renmen ou plis pase tèt mwen, paske m vin la a ame kont tèt mwen. Pa rete; al fè wout ou. Viv, epi apre sa, di konsa yon moun fou fè ou gras e fòse ou kouri ale.

Paris: M refize obeyi konsèy ou an. E m arete ou la a antanke kriminèl.

Romeo: Ou vle pwovoke mwen? Konsa, men pou ou, tigason!

(Yo batay.)

Paj la: O, Seyè, y ap goumen! M pral rele santinèl la.

(Li soti. Paris tonbe.)

Paris: O, m asasinen! Si ou gen pitye, ouvè tonm nan, mete m kouche avèk Jilyèt.

(Li mouri.)

Romeo: Sou lafwa mwen, m va fè li. Kite m egzaminen figi sa a. Fanmi Mèkyouchio, Kont Paris, nòb la! Kisa valè m nan te di mwen pandan nanm boulvèse m nan pa t ap ba li atansyon mwen an, pandan nou te a cheval la? M kwè li te di mwen Paris te gen pou l marye avèk Jilyèt. Èske l pa t di m sa? Oswa se sa m te reve? Oubyen èske m fou nan koute l ap pale de Jilyèt, se sa m kwè? O, ban mwen men ou, youn ki ekri avèk mwen nan liv malchans sila a! M ap antere ou nan yon tonm triyonf. Yon tonm? O, non, yon lantèn, jèn moun asasinen, paske Jilyèt kouche la a, e bèlte l fè kavo a tounen yon sal festen plen limyè. Lanmò, kouche kò w la a; se yon nonm mouri ki antere w.

(Li mete l kouche nan tonm nan.)

Ki kantite fwa lè moun ki devan pòt lanmò te gen kè kontan! Yon zèklè anvan lamò, se sa moun ki swaye yo, rele li. O, kijan pou m fè rele sa yon zèklè? O, amou mwen! Madanm mwen! Lanmò, ki souse tout siwomyèl la soti nan souf ou an, poko gen pouvwa sou bèlte ou. Li pa gen pouvwa sou ou. Flanm bèlte a wouj toujou sou pobouch ou ak sou bò figi w, e drapo pal lanmò a poko avanse la a. Tibo, èske ou kouche la a nan dra plen san ou? O, ki lòt favè m t a kapab fè ou plis pase, avèk men sila a, ki te koupe jenès ou a an de a, pou l koupe pa limenm ki te enmi ou lan? Padone m kouzen! Aa, chè Jilyèt, pou kisa ou tèlman bèl toujou? Èske fò m kwè lanmò ki pa materyèl, damou ou, e mons san chè yo rayi a, kenbe w la a nan fènwa pou sa anmoure li? Akoz de krent sa a, m va rete avèk ou e pa janm soti kite palè lannuit sonm sila a. La a, m va rete avèk vè ki sèvant chanm ou yo. O, la a m va fikse repo etènèl mwen, epi sekwe fado zetwal ostil yo soti sou chè sa a ki fatige ak lemonn nan. Zye, gade pou yon dènye fwa! Bra, anbrase pou yon dènye fwa! Epi po bouch, o nou menm ki pòt souf, sele avèk yon beze byenveyan yon akò pou toujou avèk lanmò ki absòbe tout bagay! Vini, konduit amè; vini, gid move gou! Oumenm pilòt dezespere, kounye a, lanse bato fatige ou yo, ki gen mal lanmè yo, sou wòch ki kraze brize yo! Men, pou amou mwen an! *(li bwè.)* O, famasyen ki di laverite! Remèd ou yo mache vit. Konsa, avèk yon beze, mwen mouri.

(Li tonbe, Frè Loran antre avèk yon lantèn, yon kwòk, ak yon pèl.)

Frè Loran: Sen Franswa ede mwen! Ki kantite fwa aswè sa a pye m trebiche sou tonm! Ki moun ki la a?

Baltaza: Isi a se youn, yon zanmi; ak youn ki konnen ou byen.

Frè Loran: Benediksyon sou ou! Di mwen, bon zanmi mwen, ki tòch sa a laba la a, k ap prete vè ak zotèt ki san zye yo limyè l initilman an? Jan m remake l la, l ap brile nan moniman Kapilèt yo.

Baltaza: Se sa menm, Mesye Sen; e mèt mwen an la, yon moun ou renmen.

Frè Loran: Ki moun li ye?

Baltaza: Romeo.

Frè Loran: Depi ki lè li la a?

Baltaza: Yon bon demi è.

Frè Loran: Ale avèk mwen nan kavo a.

Baltaza: M pa oze, Mesye. Mèt mwen konnen m soti la a, e ak pawòl efreyan li te menase m ak lanmò si m te rete pou m gade aksyon li.

Frè Loran: Konsa rete; m va ale poukont mwen. Lapèrèz ap monte m. O, mwen krenn anpil kèk move bagay malouk.

Baltaza: Pandan m t ap dòmi anba pye if sila a, mwen reve mèt mwen te goumen ak yon lòt, e mèt mwen tiye l.

Frè Loran: Romeo! Elas, elas, ki san sa a ki tache papòt an wòch tonbo sila a? Kisa epe abandone ak ranpli ak san sa yo, ki kouche dekolore nan lokal lapè sila a, vle di?

(Li antre nan tonm nan.)

Romeo! Ala blèm! Kilès ankò? Kisa, Paris tou? Epi benyen ak san? Aa, ala yon lè k pa natirèl ki koupab nan chans lamantab sila a! Dam nan ap bouje.

(Jilyèt leve.)

Jilyèt: O, Frè ki bay rekonfò! Kote Ekselans mwen an? M sonje byen ki kote m dwe ye, e se la m ye. Kote Romeo m nan?

Frè Loran: M tande kèk bri. Dam, soti nan nich lanmò sila a, nan kontajyon, ak dòmi ki pa natirèl sila a. Yon pouvwa ki pi gran pou n ta kab kontredi, kontrarye entansyon nou yo. Vini, soti la a. Mari ou lan kouche mouri la a nan sen w lan; e Paris tou. Vini, m a mete ou pami yon kominote sè sakre. Pa rete pou ap kesyone paske granmmaten ap pwoche. Vini, ale, Jilyèt bon moun. M pa oze rete pi lontan.

(Frè Loran soti.)

Jilyèt: Ale, soti la a, paske m p ap prale. Sa sa a ye la a? Yon tas, ki fèmen nan men vrè amou mwen an? Pwazon, mwen wè, se sa ki lakoz lafen anvan lè l sa a. O, egoyis! Bwè tout, e pa kite yon ti gout amikal pou ede m apre? M va bo po bouch ou. Pa aza kèk rès pwazon kab rete ap pann sou yo pou fè m mouri ak restore m.

(Li bo li.)

Po bouch ou tyèd!

Gadyen an Chèf la: *(Anndan an)*: Pran devan, tigason. Ki kote?

Jilyèt: Wi, bri? Konsa m ap fè vit. O, ponya byennere!

(Li rale ponya Romeo a.)

Sa se fouwo ou; wouye la a, e kite m mouri.

(Li ponyade tèt li epi li tonbe, Valè Paris la antre avèk gadyen an.)

Tigason an: Men kote a. La a, kote tòch la ap brile a.

Gadyen an Chèf la: Atè a plen san. Chèche toupatou nan simityè a. Ale, dezoutwa pami nou; nenpòt moun nou jwenn, arete yo.

(Kèk pami gadyen yo soti.)

Ala yon espektak ki fè pitye! Men Kont lan kouche la a, asasinen; e Jilyèt k ap senyen, tyèd, epi ki fèk mouri, li menm ki te kouche la a antere depi de jou an. Ale, di Prens lan; kouri al kay Kapilèt yo; leve Montegyou yo; kèk lòt pami nou, chèche.

(Lòt nan gadyen yo soti.)

Nou wè lokal kote dezas sa yo fè pil la; men, vrè baz tout dezas lamantab sa yo, nou pa kapab dekouvri san ankèt pa fèt sou detay yo.

(Kèk pami gadyen yo antre avèk valè Romeo a, Baltaza.)

Dezyèm Gadyen an: Men valè Romeo a. Nou jwenn li nan simityè a.

Gadyen an Chèf la: Kenbe li an site jis Prens lan rive la a.

(Frè Loran antre avèk yon lòt gadyen.)

Twazyèm Gadyen an: Men yon Frè k ap tranble, soupire, e k ap kriye. Nou pran pik sa a ak pèl sa a nan men li, antan l t ap soti bò sa a nan simityè a.

Gadyen an Chèf la: Yon soupson grav! Retni Frè a tou.

(Prens lan antre avèk sèvitè li.)

Prens lan: Ki malè ki leve bonè konsa a, ki fè l rele pèsonaj nou, fè l leve kite repo maten li?

(Kapilèt antre avèk madanm li ansanm ak lòt moun.)

Kapilèt: Kisa sa dwe ye k ap lage tout bri sa a toupatou a?

Madan Kapilèt: O, moun nan lari yo ap rele, «Romeo,» genyen k ap di, «Jilyèt,» e genyen k ap di, «Paris;» epi tout ap kouri tou alame al nan moniman an.

Prens lan: Ki kalite krentif sa a k ap fè zòrèy nou yo tresayi a?

Gadyen an Chèf la: Majeste, men Kont Paris kouche la a asasinen; e Romeo mouri; epi Jilyèt ki te mouri anvan an, tyèd e ki fèk asasinen.

Prens lan: Chèche, fouye, epi konnen kijan asasina degoutan sa a fè rive.

Gadyen an Chèf la: Men yon Frè, avèk valè Romeo ki asasinen an, avèk zouti sou yo ki apopriye pou ouvri tonm moun mouri sila yo.

Kapilèt: O, Syèl! O, madanm mwen, gade jan pitit fi nou an ap senyen! Ponya sa a fè yon erè, paske, gade, fouwo li vid sou do Montegyou, epi li fè move wout nan pwatray pitit fi mwen an!

Madan Kapilèt: O, ede mwen! Espektak lanmò sa a tankou yon klòch k ap avèti vyeyès mwen de chemen yon kavo.

(Montegyou antre avèk lòt moun.)

Prens lan: Vini, Montegyou; paske ou leve bonè pou wè pitit gason w ak eritye ou la devanse ou desann pi bonè.

Montegyou: Elas, Majeste mwen, madanm mwen mouri aswè a! Chagren pou egzil pitit gason m nan koupe souf li. Ki kalite malè ankò k ap fè konplo kont laj mwen an?

Prens lan: Gade, e w va wè.

Montegyou: O, oumenm, san konprann! Ki kalite manyè sila a, pou prese ale nan tonm ou anvan papa ou?

Prens lan: Fèmen bouch outraj pou yon moman, jis lè pou n kapab eklèsi mistè sila yo, epi pou n konnen sous yo, tèt yo, avèk vrè orijin yo. Apre sa mwen va gid malè ou yo e pran devan mennen w rive nan lanmò. Antre-tan, kenbe fèm, e kite malchans tounen esklav pasyans. Mennen bò isit pati yo soupsonnen yo.

Frè Loran: Se mwen pi plis, ki kapab fè mwens, piske mwen gen plis soupson, paske tan an avèk lokal la pale kont mwen nan asasina terib sila a. E m kanpe la a pou m alafwa akize m ak defann mwen, pou m kondane m oswa akite mwen.

Prens lan: Alò, di menm lè a, sa ou konnen nan tout zafè sila a.

Frè Loran: M va pale kout, paske ti bout souf ki rete m nan pa long ase pou yon istwa konplike. Romeo, ki mouri la a, te mari Jilyèt sila a, e li menm ki mouri la a, te madanm fidèl Romeo. Mwen marye yo; e jou maryaj vòlò yo an te jou destriksyon Tibo, ki, lanmò anvan lè li a, te lakoz nouvo mesye marye a bani soti nan vil la a; se pou li, pa pou Tibo, Jilyèt t ap deperi. Nou menm, pou nou retire syèj doulè sa a sou li, fiyanse li, e t a vle l marye ak tout fòs avèk Kont Paris. Alò li vin kote mwen, e avèk rega fewòs, mande m pou m jwenn yon mwayen pou m retire dezyèm maryaj sa a sou li, oswa, nan ofis mwen an, li t ap tiye tèt li. Konsa, mwen ba li (avèk konfyans sou abilite mwen) yon posyon pou fè l dòmi, ki pran efè jan m te atann pou l te fè l la, paske li mete aparans lanmò sou li. Antretan mwen ekri Romeo, di l li dwe vin la a aswè a, pou l ede retire l nan kavo li prete sila a, paske se lè fòs posyon an va pèdi efè l. Men, moun ki pote lèt mwen an, Frè Jan, te retni akoz yon aksidan, e yèswa li remèt mwen lèt la. Alò, poukont mwen, a lè ki te fikse pou l reveye a, mwen vini pou m pran l soti l nan kavo ansèt li yo. M te vle kenbe l pre nan ofis mwen jiskaske m te kapab gen tan konvenab pou m voye chèche Romeo. Men, lè m vini, kèlke minit anvan lè pou l te reveye a, la a anvan lè li, Paris moun nòb la, ak Romeo moun lwayal la, te mouri. Li leve, e mwen sipliye l pou l vini ak mwen e aksepte travay lesyèl sa a avèk pasyans. Men, Apre sa yon bri te fè m pè, e m deplase m bòkot tonm nan, epi limenm, twò dezespere, refize ale avèk mwen, men, jan l parèt la, li fè vyolans kont tèt li. Se sa m konnen. E Enfimyè nouris la genyen lòt enfòmasyon prive sou maryaj la, e si se fòt mwen tout bagay sa yo pa rive jan yo te dwe a, kite yo sakrifye vye lavi m nan, kèlke tan anvan lè li, ak egzaktitid lalwa ki pi sevè yo.

Prens lan: Nou rekonèt ou toujou pou yon nonm ki sakre. Kote valè Romeo a? Kisa l kapab di nan sa?

Baltaza: M pote nouvèl lanmò Jilyèt bay mèt mwen; epi lè sa a li vini ak vitès Mantou nan lokal la a menm, nan moniman sa a menm. Lèt sa a li mande m remèt li bonè bay papa l, e li menase m ak lamò, lè l antre nan kavo a, si m pa deplase m m kite l la.

Prens lan: Ban m lèt la. M vle gade l. Kote valè Kont la, sa a ki leve pòs la? Mouche, kisa mèt ou te fè nan lokal la a?

Romeo ak Jilyet

Tigason an: Li vini avèk flè pou l simen sou tonm dam ni an; e li mande m pou ret aleka, konsa se sa m fè. Tou suit yon moun vini avèk limyè pou ouvri tonm nan; epi yon ti tan apre, mèt mwen rale zam li sou li; epi lè sa m kouri al rele gadyen an.

Prens lan: Lèt sa a konfimen pawòl Frè a; istwa lamou yo, nouvèl lamò [Jilyèt] la, e la a li ekri di li te achte yon pwazon nan men yon pòv famasyen, e apre sa li vin nan kavo sa a pou li mouri, e pou l kouche avèk Jilyèt. Kote enmi sila yo? Kapilèt, Montegyou, nou wè ki kalite fleyo lahèn nou an lage, dekwa lesyèl jwenn yon mwayen pou l touye lajwa nou avèk lanmou. E mwen menm, paske m tenyen je m sou dezakò nou an tou, mwen pèdi de moun[5] nan fanmi m. Nou tout pini.

Kapilèt: O, frè, Montegyou, banm mwen men ou. Sa se pòsyon[6] maryaj pitit fi m nan; m pa ka mande pou plis pase sa.

Montegyou: Men, mwen kapab ba ou plis; paske m va leve estati li ann ò ki pi, dekwa pou tout pandan Vewòn kenbe menm non an, p ap genyen yon reprezantan k ap gen plis valè pase Jilyèt, li menm ki lwayal ak fidèl la.

Kapilèt: Avèk menm valè a, pa Romeo va repoze tout akote pa madanm ni—pòv sakrifis pou enmi n enmi an!

Prens lan: Maten sa a pote yon lapè sonm. Solèy p ap montre tèt li akoz lapenn li. Ale, soti la a, pou n al pale plis de bagay tris sa yo. Genyen k ap padone, e genyen k ap pini; paske pa t janm gen yon istwa ki te pote plis fleyo pase istwa Jilyèt ak Romeo.

(Tout moun soti.)

Nòt pou Ak V

1. Seyè pwatray: Kè li.

2. Paj: Nan epòk sa a, yon paj te yon jèn gason nan sèvis yon moun Nòb. Dòdinè, paj la te soti nan yon fanmi nòb tou, epi li t ap fè yon aprantisaj gratis, ki vle di l t ap resevwa yon edikasyon antanke chevalye jis li vin gran.

3. If: Ann anglè "*yew*" and fransè, "*if*", yon pyebwa ki gen fèy li ki toujou rete vèt. Pyebwa sila yo asosye avèk simityè.

4. Pran sa a: Li ba li yon bous.

5. De moun: Mèkyouchio ak Paris.

6. Pòsyon: Pòsyon sa a se yon pati, nan kontra maryaj, ki rezève pou madanm nan si li pèdi mari li. Mesye Kapilèt mande pou lamen Montegyou kòm pòsyon an.

Tablo kontni pyès la

Pwofil otè a

Nicole Titus se yon ekriven ak atis ayisyèn ki fèt nan Pòtoprens, Ayiti. Nan adolesans li li imigre nan Nouyòk, kote li resevwa edikasyon segondè ak inivèsitè li. De dènye liv li nan Edisyon Trilingual Press se tradiksyon Hamlet an 2014, epi *Platon: Apoloji / Krito / Fedo,* an 2012. Madam Titus se otè tou, *Akin To No One,* yon roman sosyal ki dewoule ann Ayiti, e ki te anplwaye pou anseye jistis sosyal nan inivèsite. Li ekri yon pyès psikolojik tou, *The Prisoner of Jacmel.* Nicole Titus ekri ann anglè ak an kreyòl ayisyen. Apa tradiksyon Platon li sa a, li tradui anpil lòt dokiman ak diskou selèb. Madam Titus gen yon Bachelye ak yon Metriz nan anglè.

Autres parutions dans Presse Trilingue
Lòt piblikasyon nan Près Trileng
Other releases by Trilingual Press

Georges J. Jean-Charles
Arbres, merveille, Histoire… dans l'univers de Jacques Stéphen Alexis,
[Essais, 424 pages, 2017]

Denizé Lauture
Les lunes d'or du cactus
[Poèmes, 170 paj, 2017]

Denizé Lauture
Les dards empoisonnés du denizen
[99 paj, 2015]

Kiki Wainwright
Tanbou liberation/Tambour de la liberation / Drum of Liberation
[Powèm/Poèmes/Poems, 158 p., 2016]

Don D. William
Flèch Palmis Pa Fizi
[Woman, 120 paj, 2016]

Kwitoya
Pawolitik
[Powèm, 120 paj, 2016]

Patrick Sylvain
Anba Bòt Kwokodil
[Woman, 190 paj, 2015]

Tontongi
Sèl pou dezonbifye Bouki
[Esè, 190 paj, 2014]

Franck Laraque
L'instrumentalisation de la pensée révolutionnaire
[Essais en trois langues, 552 pages, juillet 2014]

Ewald Delva
Adelina
[Woman an kreyòl ayisyen, 194 paj, jen 2014]

Fred Edson Lafortune
An n al Lazil
[Koleksyon powèm ann ayisyen, 116 paj, me 2014]

Anne-Marie Bourand Wolff
La colline des adieux
[Roman, 220 pages, janvier 2014]

Cheo Jeffery Allen Solder
One4deBrovahs
[Essays, 150 pages, December 2013]

Charlot Lucien
La tentation de l'autre rive / Tantasyon latravèse
[Poèmes, 116 pages, oktòb 2013]

Tontongi
In the Beast's Alley
[Poems, 210 pages, October 2013]

Georges Jean-Charles
Jacques Stéphen Alexis, romancier de Compère Général Soleil
[Essais, 364 pages, mars 2013]

Patrick Sylvain
Masuife
[Koleksyon powèm, 100 pages, mas 2013]

Nicole Titus
Plato / Platon: Apology, Crito, Phaedo / Apoloji, Kriti, Fedo
[Translation/Tradiksyon, 100 pages, desanm/December 2012]
Hamlet
[Translation/Tradiksyon, 190 pages, oktob/October 2014]

Doumafis Lafontant
Krik? Krak! Dèyè Mòn Gen Mòn / Mountains Behind Mountains
[Bilingual collection of poems, 134 pages, Desanm/ December 2012]

Frantz-Antoine Leconte
René Depestre: du chaos à la cohérence
Contributeurs: Robenson Bernard, Etienne Télémarque, Bernadette Carré Crosley, Eddy Magloire, Amy J. Ransom, Clément Mbom, Sarah Juliet Lauro, Cauvin Paul, Silvia U. Baage et Léon-François Hoffman.
[Anthologie d'essais, 354 pages, 2012]

Tontongi and Jill Netchinsky
The Anthology of Liberation Poetry
Contributors: Joselyn M. Almeida, Ali Al-Sabbagh, Marc Arena, Soul Brown, Richard Cambridge, Neil Callender, Berthony Dupont Martín Espada, L'Mercie Frazier Patricia Frisella, Regie O'Hare Gibson, Marc D. Goldfinger, Calvin Hicks, Gary Hicks, Jack Hirschman, Everett Hoagland, Paul Laraque, Daniel Laurent, Denizé Lauture, Danielle Legros Georges, Tony Medina, Jill Netchinsky-Toussaint, Tanya Pérez-Brennan, Thomas Phillips, Ashley Rose Salomon, Margie Shaheed, Cheo Jeffery Allen Solder, Patrick Sylvain, Aldo Tambellini, Tontongi, Askia M. Touré, Tony Menelik Van Der Meer,

Frantz "Kiki" Wainwright, Brenda Walcott, Anna Wexler, and Richard Wilhelm. [Anthology of poems, 320 pages, January 2010]

Tontongi
Poetica Agwe
Essays, Poems and Testimonials on Resistance, Peace, and the Ideal of Being / Esè, powèm e temwayaj sou rezistans, lapè e ideyal nanm nou / Essais, poèmes et témoignages sur la résistance, la paix et l'idéal d'être. [A trilingual edition / Yon edisyon an twa lang / Une édition trilingue, 420 pages, 2011]

Doumafis Lafontant
After the Dust Settles
[Bilingual collection of poems / Koleksyon powèm bileng (English-Ayisyen), 136 pages, Fall 2010]

Marie-Thérèse Labossière Thomas
Clerise of Haiti
[Novel, 378 pages, 2010]

Dr. Vinod A. Mittal
Low Back Pain And Low Back Care
An edition in five languages (English, Hindi, Spanish, Haitian, and Portuguese) **Contributors:** Priti V. Mittal, Altagracia P. Mayers, Idi Jawarakim, Patricia B.P. Dos Santos. [Medical advice, 82 pages, 2009]

Franck Laraque
Paul Laraque: Éclaireur de l'aube nouvelle
Contributeurs: Josaphat-Robert Large, Frantz-Antoine Leconte, Hughes St-Fort, Max Manigat, Frantz Latour, Jean Métellus, Jean Prophète, René Depestre, Robert Garoute, Gérard Pétrus, Claude Pierre, Elie Leblanc, Jr., Gary Klang, Karèn Bogat, Georges Jean Charles,

Denizé Lauture, Clotaire Saint-Natus, Lochard Noël,
Serge François, Berthony Dupont, Papados, Jean André
Constant, Danielle Laraque Arena, Jack Hirschman,
Michele Laraque, Marc Anthony Arena, Hatuey Laraque
Two Elk, Ashley Laraque, Max Schwartz, Prosper
Sylvain, Jr., Gabrielle Vimer, Anthony Phelps, Rodney
Saint-Eloi, Gérard Etienne, Eddy Mésidor, Emmanuel
Gilles, Frantz Ludeke, Fritz Clermont, Camille Gauthier,
Kern Delince, Raymond Chassagne, Jean Gateau, Jean
Claude Valbrun, Tontongi, Jean Mapou, Roger Savain,
Michel-Ange Hyppolite.
[Essais, 180 pages, été 2009]

Tontongi

*Voices of the Sun: The Anthology of Haitian Writers
Published in the Review Tanbou / Les Voix du Soleil:
Anthologie des écrivains haïtiens publiés dans la revue
Tanbou / Vwa Solèy pale: antoloji ekriven ayisyen pibliye
nan revi Tanbou*

Contributeurs / Kontribitè / Contributors: Paul
Laraque, Tontongi (Eddy Toussaint), Hugues St. Fort,
Papadòs (Fritz Dossous), Jean-André Constant, Berthony
Dupont, Marc Arena, Doumafis Lafontan, Nounous
(Lenous Surprice), Yvon Joseph, Patrick Louis, Edner
Saint-Amour, Charlot Lucien, Emmanuel Védrine, André
Fouad, Rodelaire Octavius, Janvier Lesly Junior, Bobby
Paul, Jean Saint-Vil, Franck Laraque, Jack Hirschman,
Lee Chance, Glodel Mezilas, Melissa Beauvery, Cathy
Delaleu, Jean-Dany Joachim, Roberto Strongman, Gua-
macice Délice, Huguens Louis-Pierre, Vilvalex Calice,
Elsie Suréna, Denise Bernhardt, Duccha (Duckens Cha-
ritable), Suzy Magloire-Sicard, Michel-Ange Hypopolite,
Patrick Sylvain, Barbara Victome, Jeanie Bogart, Gary
Daniel, Johnny Bélizaire, Denizé Lauture, Fred Edson

Lafortune, Jamie Moon, Pierre-Roland Bain, Idi Jawar-akim, Danielle Legros-Georges, Edwald Delva, Oreste Joseph, Serge-Claude Valmé, Doug Tanoury, Prosper "Makendal" Sylvain, Jr., Brian Sangudi, Anna Wexler, Marilène Phipps. Photos and paintings by / photos et peintures par / foto ak tablo pa: David Henry, Michel Doret, Don Gurewitz, Marilène Phipps, Blondèl Joseph. [Poèmes et essais trilingues, 404 pages, septanm 2007]

Tontongi with the Liberation Poetry Collective
Poets Against the Killing Fields
Contributors: Askia Touré, Aldo Tambellini, Brenda Walcott, Jill Netchinsky, Joselyn Almeida, Neil Calender, Tontongi, Anna Wexler, Gary Hicks and Tony Medina. [Anthology of poems, 170 pages, 2007]

Paul Germain
Love and Other Poems by Haitian Youths
Contributors: Bernadin Bastien, Célemme Biennestin, Evens Ciméa, Erlia Dessin, Elie Fortuné, Paul E. Germain, Samson Germain, Gustave Neslyn Josh, Judeline Jean Baptiste, Sandra Lamontagne, Remylus Losius, Rubens Maisonneuve, Mario Morency, Ruth Norvilus, Jonas Saint-Aubin, Emmanuel W. Védrine, Farah Paul, Wilguens Sainterling, Ebed Sainterling, Gems Dorvil, Charles Jean-Baptiste, Fabrice Mont-Louis. [Trilingual anthology of poems, 80 pages, July 2004]

Denizé Lauture
Madichon Sanba: Dlo nan Sensè a
[Koleksyon powèm, me 2003]